グードルン・パウゼヴァング

片手の郵便配達人

高田ゆみ子訳

みすず書房

DER EINHÄNDIGE BRIEFTRÄGER

by

Gudrun Pausewang

First published by Ravensburger Buchverlag, 2015

片手の郵便配達人　目次

1

1944年8月

ヨハン・ポルトナーは十七歳。大きくて体のがっしりした青い眼の少年だ。豊かな褐色の髪を風になびかせ物思いにふけるヨハンと眼が合うと、女の子たちは心をわしづかみにされてしまう。

ヨハンが生を受けたのは、聖霊降臨祭[1]の夜、ヒムリッシュ・ハークにある白樺林のシダの茂みだった。その九ヶ月後、先祖代々が暮らしてきたブリュンネルの母の家で、彼は生まれた。古い、尖った切妻屋根の家だった。ヨハンは幸せな子どもだった。ヴォルフェンタン地方のブリュンネルという故郷があったからだ。

ヨハンが所属していた中隊には、となり町のヴェルンスタールから来た仲間二人のほかに、ヴォルフェンタンを知る者はいなかった。

狼を意味するヴォルフという単語が入っている地名なので、その付近にはまだ狼がいるのかと聞かれたことがある。

「狼？　まさか」

昔はいたのだろうか？

ヨハンは肩をすくめた。それはわからない。ひょっとしたら、大きな針葉樹の森には本当に狼が棲んでいたかもしれない。どうだろう？　一年前なら、即座に「いる」と答えていただろう。一クラスしかないブリュンネルの小学校のヴィルト先生が、村の周りの森には狼の群れがいると、よく話していたからだ。牧場で生まれたばかりの仔牛が襲われたり小さな子どもも狙われると聞かされて、村人たちは不安になった。

当時のヨハンは、上級教諭のヴィルト先生の話はなんでも信じた。

先生は、たとえばこんなことも言った。年長の少年たちが祖国を守るのは当然の義務だ。戦いに勝って故郷に帰れば、祖国は感謝の意味をこめて、君たちの胸を勲章で飾ってくれるはずだ、と。

ヨハンは、入隊の日をどれほど心待ちにしていただろう！　十七歳の誕生日の直後、その日はやってきた。獅子奮迅の活躍をするつもりだった。みんな、目を見張るがいい！　のちの子どもたちは、僕の英雄的な活躍について教科書で学ぶことになるのだ。

しかし実際は、そうはいかなかった。間に合わせの訓練を受けただけで前線へ送られた。二日目、見習い兵士ヨハンの左手は榴弾の破片で吹き飛ばされてしまった。三週間後に、彼は村に帰ってきた。

帰郷後、ヴィルト先生に出会った。先生は愛想よくヨハンの肩を叩いて、元気でやってるかい？

とたずねた。手のない左腕を見せると、先生はひとこと言った。

「勇敢だったな」。

昔、ヴォルフェンタンに狼がいたかどうかなんて知るもんか。

蚊が飛び交い、そこらじゅうで蜘蛛の巣がキラキラ輝いていた。キノコの香りがした。

一九四四年八月末。戦争はまだ続いていた。

ヨハンは、配達ノルマの四分の三を終えたところだった。今日はいい日だ。「黒い手紙」はない。

それがわかっているのは、ヨハンと郵便局で窓口係をしているヒルデ・ベランの二人だけだ。黒い手紙というのは、近親者の「英雄的な死」を知らせる戦死通知のことだ。家族はそれによって、夫や父親、息子あるいは兄や弟の死を知らされる。

日がたつにつれ、黒い手紙の数は増えていった。戦場から戻ったヨハンが再び郵便配達の仕事に就いた五月はまだ一通だけだった。八月は三通配達した。今日の郵便カバンの中には黒い手紙は見当らないが、前線にいる家族を案ずる人々にとっては、不安が一日猶予されるというだけのことだ。

ヨハンは、配達ルートの最後から二番目にあるモーレンをあとにした。残るは一番きつい部分だ。道はずっと上り坂。距離も一番長い。ヴェルンスタール方面からペッタースキルヒェンへ向かう道との合流点まで四キロある。さらにブリュンネルの最初の家まで〇・五キロ。長い道のりだが、家路に向かう道だ。足どりは軽い。

肩にさげている郵便カバンは、二つに仕切られている。仕切りの手前に残っているのはブリュンネルで配達する郵便だけだ。葉書が二枚、軍事郵便[2]が三通、手紙が二通。奥は、これまでまわった村で回収してきた郵便ではちきれそうになっている。それを翌朝、ペッタースキルヒェンの郵便局へ持っていく。さらにもうひとつ、軍事小包の入った袋もさげていた。でも大きな荷物を集荷する必要はない。大型郵便物は窓口に直接出すことになっているからだ。

右手首の腕時計に目をやった。午後三時十分。急げば四時半には家に着くだろう。

襟元をゆるめ、制服の上着のボタンをはずした。そよ風が心地よい。ヨハンは力強い足どりで高木の林と茂みを抜け、シダが生い茂る斜面や苔むした牧場を進んだ。ラウリッツ川と名づけられた小川の水が、岩塊のあいだでゴボゴボと音をたてている。川は斜面の中程からほんの二メートルほどの滝になって流れ落ちる。滝まで来たら、いつも息が切れる。急坂を早足で歩くとどうしてもそうなってしまうのだ。

小川の両岸には、ドクニンジンとエゾミソハギがびっしりと生えている。目隠しをしていても、自分がどの辺にいるか言い当てることができる。今はちょうど、森林官[3]の官舎の下あたりだ。ここから木苺の茂みのあいだを通って、官舎へ通じる道が延びている。夏の三週間から四週間ずっと、木苺の甘い香りがしている。ここを通りかかるたび、キスの味を思い出す。十六歳の時、この場所で木苺を摘みながら、初めて女の子とキスをした。相手は、長いお下げ髪にソバカス顔のシュテフィ・グラント。シュテフィはヨハンと誕生日が一ヶ月しか違わない。それ以来、あの初めてのキスほどすばらしいものはないとヨハンは思っていた。

シュテフィは初恋の人だったし、今まで好きになったのは彼女だけだ。当時、見習い郵便配達人だったヨハンには、まだ両手があった。なのにシュテフィはヨハンを冷たくあしらった。郵便局長ならまだしも、下っ端はお呼びでないということだった。それにヨハンは褐色の髪だったが、彼女の好みはゲルマンの伝説に出てくるジークフリートのような金髪の男だった。

それからというもの、ヨハンはどんな女の子ともつきあおうとしなくなった。三ヶ月後、シュテフィはある下士官と結婚した。そして、しばらくしてから、相手の両親が住むヴュルツブルクへ引っ越していった。つまり彼女は未亡人になったのだ。それも子どもを抱えた戦争未亡人に。

ヨハンは深く息を吸い込んだ。ここではまだ、平和を思い描くことができる。


平和。それは、ゆっくりとでも近づいているのだろうか？　今、あらゆる方向から迫ってきているのは明らかに戦争のほうだ。日に日に、前線は短くなっている。西と南からは連合軍が押し寄せている。ローマは陥落、パリは無血解放されたばかりだ。ロシア軍はポーランドまで来た。

でもドイツには総統[4]がいるじゃないか。我らの総統ヒトラーなら、いつか、なにか、どうにかしてくれる……奇跡の兵器だってある。それまで待とう。

向こうから、ほっそりした若い女性が歩いてきた。髪にはパーマをかけ、前髪が額にかかっている。

ロッテ・クレス、二人の小さな子どもの母親だ。ロッテは理容師で、散髪やパーマを頼まれればその人たちの家に出張していく。彼女は、この家では卵を何個か、あの家では砂糖や小麦粉を一ポンド、というふうに食べ物を手に入れて、乏しい食料切符[5]の足しにしていた。ヴォルフェンタンのように比較的安全な山村地域へは、ルール地方で家を破壊された多くの人々が疎開してきている。ロッテもそんなひとりだった。

ロッテ・クレスは、モーレンでただ一軒の居酒屋〈緑の水の精〉の別棟に住んでいる。ヨハンはほぼ毎週、夫からの軍事郵便を二通配達し、ロッテから夫への手紙を少なくとも二通は預かる。

ロッテは立ち止まって、ヨハンが近くに来るまで待っていた。

「手紙は?」

待ちきれない様子で、ロッテは聞いた。

ヨハンは首を横に振った。

「ありません。でも明日は来るかも」

ロッテは困惑したようにヨハンを見た。

「ロルフから、もう六日も便りがないの。葉書の一枚ぐらいよこしたっていいのに」

「戦場では、したいことが自由にできるわけじゃないんですよ」

ヨハンは諭すように言った。

二人は挨拶して別れた。ロッテは坂を下り、ヨハンは登っていった。

もう一度、時計を見た。この調子では四時半には家に着けないかもしれない。

ブリュンネルはもちろん、ペッタースキルヒェン、シャットニー、オード、ベルングラーベン、ディッキヒト、モーレンといった近隣の村々からドイツ人の若者が姿を消していた。捕虜になったり行方がわからなくなっていたからだ。そのほか、まだ生きている者は、たいてい前線で戦っていた。戦地へ行かず地元に残ることを許されたのは、ほんの限られた人々だった。ペッタースキルヒェンでは、アルベルト・マンゴルトがそうだ。党の地区指導者[6]だからだ。

シャットニーには重度の糖尿病患者がひとりいた。

オードには健康そのものの男がいたが、召集命令を拒否したので、五年前からダッハウの収容所[7]に入れられている。

ベルングラーベンには、強盗殺人の罪で服役中の男がいた。

ディッキヒトには、精神障害者二人とてんかん患者がいる。さらにもうひとり、居酒屋〈三つの泉〉の主人も村に残ったままだ。重い心臓病を患っていたからだ。そしてブリュンネルの教会で雑務をしている男は、小児まひで不自由な脚を大きく引きずって歩いていた。

しかし、若くて健康な若者たちもたくさんいた。ドイツ人農家で作男として働く、ポーランドやウクライナ人の強制労働者たちだ。ふだん着姿だと、彼らの多くはドイツ人と区別がつかない。若い女性の労働者もいた。ドイツ人農婦の補助員として、辺境の農場へ送られてきた人々だ。彼女らにも故郷から手紙が来る。ヨハンの姿が見えると、みんな期待に満ちた目で見つめる。そして、手紙はないよと身振りで合図すると、がっかりしたようにうつむくのだった。

坂を登り終えると、道は平坦になった。三本のマロニエの木が立っている。その向こうに森林官の官舎はあった。ここからの眺めはすばらしい。ヴォルフェンタン南部と遠くの丘がよく見える。ヨハンは次に何が自分を待ち受けているか、よくわかっていた。毎日、同じ繰り返しだ。気が重い。官舎の方向から犬の吠え声が聞こえてきた。年とった狩猟犬、テルだ。そして、森林官の未亡人キーゼヴェッターさんのしゃがれた声も聞こえる。「ヨハン！　ヨハン！」

庭の木戸のほうを見た。老女が玄関の戸を大きく開けたまま、ちょこちょこと早足でこちらへ向かってくる。腰が曲がり、真ん中で分けた白髪を団子にまとめている。彼女がここへ嫁いできたのはもう前世紀のことだ。それ以来ずっと、人里離れたこの場所で暮らしている。聞くところによると、森林官の夫婦は幸福に暮らしていて、亡くなった夫は人望を集めていた。一人息子も、父親と同じ森林官になった。しかしその息子も生きていない。若い嫁と一緒に交通事故で亡くなったのだ。老女は、残された子どもをひとりで育ててあげた。その子が孫のオットーだ。

オットーは四年生まで、ブリュンネルのヴィルト先生のもとで小学校に通った。ヨハンが小学校に上がった時、彼はもうとなり町のヴェルンスタールにあるギムナジウムに通っていた。

ヨハンが最後に会った時、オットー・キーゼヴェッターは二十三、四歳だっただろうか？父親や祖父と同じように森林官になり、ヴォルフェンタンの国有林を管理する仕事に就く予定だった。ところが戦争が始まり、オットーは軍隊に召集された。時にはパリから、時にはポーランドから、手紙が届いた。キーゼヴェッターさんは、そのことを近所のルクスさんに自慢した。ルクスさんは、それをまたみんなに話した。しかし、オットーがそこで何をしていたのかは、誰も知らなかった。

オットーは、熱烈な国家社会主義者[8]だった。小学生の頃からそうだった。ある時、クラスメートのひとりがオットーに何気なく、自分の父親が毎晩敵国の放送を聴いていると話した。オットーを信頼していたからだ。ところがオットーは、そのことを当局に密告した。父親は連行され、収容所に送られた。ほどなく、自殺したという知らせが家族に届いたが、遺体は引き渡されなかった。

そのクラスメートは戦争で二度も負傷しながら生還したが、オットーはもうこの世にいない。イギリス軍によるカッセルの空襲で、ずたずたにされて死んだ。

今もヨハンは覚えている。オットーはヒトラー・ユーゲント[9]のリーダーだった。彼はドイツ人を讃え、ユダヤ人を憎んだ。雪合戦が大好きで、いつも大声で皆を煽った。「どんどんやれ！」クラスメートに命じて、氷のように固い雪玉を作らせた。そして雪玉に当たるのを恐れる少年たちを臆病者呼ばわりし、隊列の前で辱めた。

満十四歳以上の少年は全員、ヒトラー・ユーゲントに入隊することが義務づけられていた。誰もがリーダーにまでなる必要はなかったのに、オットーはリーダーに昇級し、さらに階級を上げるためにあらゆることをした。そして規定の年齢に達すると、ＳＳ[10]隊員になった。

オットーが休暇を取って帰郷すると、ヴォルフェンタンの人々の多くは彼を避けた。ヨハンもそうだった。オットーは、国家社会主義的見地から好ましく思われないことはなんでも告発した。それには、ナチスの祝日にハーケンクロイツの旗を掲げるのを忘れただけで十分だった。

それでも祖母はオットーを、何よりも誰よりもかわいがった。家に来た人には、モールや飾り紐のついたＳＳの制服を着た彼の写真を見せた。そして、届いた手紙を何度も何度も読んだ。


キーゼヴェッターさんは庭の柵に立ち、待ちきれない様子で木戸から身を乗り出すようにしている。

「ヨハン。オットーからの手紙は？」

ヨハンは、彼女の手に手を重ねて言った。

「キーゼヴェッターさん、お孫さんのオットーは亡くなったじゃありませんか」

笑顔が消え、驚きで表情が歪んだ。

「し、死んだ？」

つかえながら言った。

「私のオットーが？」

涙があふれ出し、手で顔を覆った。

「だって、このあいだ休暇で帰ってきたばかりよ！」

「キーゼヴェッターさん、忘れてはいけません」

ヨハンは強い口調で言った。

「毎日言ってるじゃありませんか。オットーはもう三ヶ月前に……」

「違う！」

大声で言い返した。

「そんなはずないでしょう！」

がっくりと頭を垂れ、彼女は玄関のほうへよろよろと戻っていった。

「ああ、オットー」

すすり泣く声が聞こえた。

「私のかわいい子……」

はじめ、ヨハンは二つの選択肢のあいだで揺れていた。ひとつは、郵便があるかどうか聞かれたら、嘘をついて明日は手紙が来るかもしれないとごまかし、希望を抱かせる。もうひとつは、来る日も来る日もあらためて残酷な事実を告げ、彼女がそれを受け入れるまで続ける。ヨハンは後者の態度を取ることに決めた。ほんの二、三週間ですむことだと思ったからだ。

ところが、ヨハンはやがて迷いを感じるようになった。こんなことをいつまで続ければよいのか？でも、もしやめるとすれば……生きているはずのオットーがなぜ手紙を書かないでいるのか、それをどう説明しろというのだ？

2

1944年9月

九月になった。ヨハンは肩から郵便カバンをかけ、家を出た。空気が清々しい。振り向いて、もう一度家を眺めた。小さな木造の家のドアには蹄鉄が掛かっている。家の住人に幸福をもたらすおまじないのようなものだ。聞くところによれば、蹄鉄はこの家が建てられた二百年前からずっとあるらしい。

確かに、効き目はあった。ヨハンは無事に戦争から戻ってきた。この蹄鉄の護符がなかったら、彼は今頃レニングラード〔現在のサンクトペテルブルク〕の共同墓地に眠っていただろう。

生還するために、ヨハンは相応の代償を払った。レニングラード近郊で、手を失ったのだ。目の前が真っ暗になる直前、木にひっかかっている自分の手が見えた。白樺の枝が受け止めてくれたのだ。もしかすると、手はまだそこにあるかもしれない。

それは四月始めのできごとだった。その後、ヨハンは祖国のために模範的義務を果たした功労者として除隊になった。召集される直前に郵便配達人になったばかりだったので、ある程度傷が癒えると、再び同じ仕事に就くことができた。ヨハンは喜んだ。以前と同じ生活に戻れる。職業訓練が終わった後と同じように働けるのだ。

ヨハンは若く、強くて我慢強かった。毎日、十五から二十キロもの郵便物を抱えて約二十キロの道のりを歩いた。その中には、ドルトムントから疎開してきた大学教授に三、四日おきに届く書籍も含まれていた。本だけで一キロ以上ある。ヨハンはこの仕事のおかげで身も心も成長したと感じていた。

しかし、左手を失くしたという事実に慣れるまでにはしばらく時間がかかった。今でも、落としそうになった手紙を受け止めようとして左手を出しかける。あるいは、とっさの時に左手で身体を支えようとする。しかし、左手はない。傷は十分に癒えていたが刺激に敏感だった。それでも、ヨハンはしだいに順応していった。

失くしたのが左手だけでよかったと、何度も思った。神から身体の一部を失う運命を課されたのだとすれば、それが腕全体や脚ではなかったことを感謝した。

時には、手の代わりに唇や歯を使う。封筒の角が少し湿ってしまうが、たいした問題ではない。両手が揃っていなくても、郵便配達の仕事はできるし人を愛することもできる。

ヨハンは、これからの人生を事務机のそばで過ごすことなど考えられなかった。身体を動かし、風を感じ、村人と接することが必要だった。毎日七つの村をまわるうちにカバンの中の配達物が減っていき、一方では集めた郵便物でカバンが膨らんでいく。日々、その満足感を感じていたかった。

夜、心が軽くなり、満たされた気持ちになれるのは、その日の務めを果たした達成感があるからだ。要するに、ヨハンはこの仕事が大好きだった。

そう、ヨハンは運がよかった。この先もきっと戦争を乗り越えるだろう。そしてあらゆる感覚を働かせて生きて、生きて、生き抜くだろう！

ヨハンの家には数ヶ月前から、デュイスブルクから疎開してきたレックフェルト夫妻が同居していた。ドアの蹄鉄は、彼らにも幸せを運んでくるのだろうか？　ヨハンは、そうなるようにと願った。レックフェルト氏は、税務署を定年退職していた。二人はできる限りの手助けをしてくれる。奥さんは小さな菜園で野菜を育て、夕食を食べにくるよう時おり声をかけてくれる。ご主人は、毎週土曜日には中庭の掃除をして定期的にネズミ捕りを仕掛け、自分たちのとは別に、ヨハンのために山羊の乳を一リットル、エルナ・ガプラーの家に毎日もらいにいく。坂を登った二軒先に住むエルナは、小屋に五頭の山羊を飼っていた。レックフェルト夫妻の部屋は、ヨハンの祖母が亡くなる前まで暮らしていた離れで、二人は居心地よさそうにしていた。そこには、居間とベッドがちょうど二台並ぶだけの小さな寝室があった。

ヨハンは深く息を吸い込み、鼻から吐き出した。なんと気持ちのいい朝だろう！　農家の庭では輝くようなダリアと遅咲きのバラが咲き誇り、木の葉のあいだからリンゴや梨が見え隠れしている。向かいのバンネルト農場では、もうポーランド人の男が働いている。堆肥から湯気が上がっている。牛小屋の開いた扉の向こうで、バンネルトの奥さんが乳搾りをしているのが見えた。

ヨハンは街道を行かず、近道を取った。こちらの道を行くと、家からペッタースキルヒェンの郵便局まで、十五分は早く着ける。小道はずっと上り坂で、古い納屋をいくつか通り過ぎる。納屋には、「石炭泥棒[11]に注意！」と張り紙がしてある。ぼろぼろになったのも、比較的新しいのもある。

森の陰に入る前に、ヨハンは振り返って自分の村を眺めた。村は、ちょうど東の山々から昇ってきた太陽に照らされている。山腹にサイコロを散らしたように、家々が広がっている。

ブリュンネルは山羊の村だ。この地域一帯の山羊はすべて、ブリュンネルの牡山羊から繁殖したことはよく知られていた。ブリュンネルの子どもたちはみんな山羊の乳で育っている。はちきれんばかりの子どもたちは健康で、病気を知らない。歯も丈夫だ。

ブリュンネルの人口は、前線へ行った男たちを入れて三百人足らずだ。戦争が始まったばかりの頃、人口は二百七十人だったが、ここ二年のあいだに、ルール地方で焼け出された人々が疎開してきた。老人たちも少しはいたが、多くは女性と子どもたちだった。

以前は一クラスだけだった村の学校も、二クラスに増えた。しかし、教師はヴィルト先生ひとりのままだ。平時ならとっくに退職している年齢だが、先生は午前に低学年、午後に高学年を教えている。

緊急措置というわけだ。

毎朝の日の出の時間は、明らかに遅くなっている。そろそろ夏に別れを告げる時だ。うっすらと煙の匂いがする。前日、野辺でジャガイモの茎や葉を焼いた残り香だろうか。ジャガイモとヴォルフェンタン地方は、切っても切れない関係にある。秋になると、あたりの地面は残った灰で覆われる。ヴォルフェンタンで過ごした子ども時代は、その匂いそのものだ。

トウヒの森の中、ヨハンは急坂の小道を下った。郵便局は坂の下にある。急ぎ足で歩きながら、今日の配達のことを考えた。今朝も胃のまわりにいやな感じがする。黒い手紙？　こんな晴れやかな日だというのに、誰かに訃報を届けなければならないのだろうか？

キーゼヴェッターさんのことが頭に浮かんだ。彼女の声を聞くのはもう日課になっている。日々の配達には、楽しみもあれば悲しみもある。しかし、毎日聞こえてくる「ヨハン！　ヨハン！　オットーの手紙はないの？」というキーゼヴェッターさんの声は、午後の時間をしばらく憂鬱にする。

3

1944年9月

郵便局に着くと、ヨハンは前日預かった手紙を郵便カバンから取り出し、これから配達する郵便物を詰めた。毎日、同じ手順だ。それから、ペッタースキルヒェンとシャットニーをつなぐ砂利道へ足を踏み出した。道はエベレッシェン（ナナカマド）通りと呼ばれている。赤いイチゴが陽の光に輝いている。ヨハンは、制服と、重ねて着ている上っ張りのボタンをはずした。今、カバンを放り出して、草の上に身を投げ出せたらどんなにいいだろう！　しかし、そんなことができるのは、非番の時だけだ。

森の向こうで銃声が聞こえた。ヨハンは驚いて、我に返った。見通しのいい道をひとりで歩けば、標的にされてもおかしくないことはわかっていた。軍隊で教えられたように、すぐに突っ伏したり、どこかに隠れたり、這って逃げなければならない。

しかし、すぐに首を横に振った。考えてもみろ。あれはただの狩猟の銃声だ。兵士としての自分がまだどこかに残っている。自分が獲物であり標的であるという考えからも、脱しきれていないようだ。

人生は直線ではない。螺旋を描きながら、過ぎてゆくものだ。ここ数ヶ月のあいだに、ヨハン・ポルトナーはそう考えるようになった。戦争が始まったのは九月一日。あれから月日が過ぎ、九月がすでに五度めぐった。そして今、六度目の九月が始まった。いつまで殺戮が続くのだろう? それは誰にもわからない。七月二十日の暗殺計画[12]は未遂に終わり、ヒトラーは生き延びた。人々が言うように、神の特別な思し召しによって守られたのだろうか。

ヨハンは、もはや平和な暮らしというものを思い出せなくなっていた。五年にわたる戦争は、多くの傷跡を残していた。傷ついたのはヨハンだけではなかった。配達区域の七つの村々には、三十八人の戦死者と十一人の行方不明者が出ていた。手や足を失くした者や、健康な体を取り戻せなくなった負傷者も少なくなかった。毎日のように新たな傷痍兵に会った。ブリュンネルのアントン・ノイベルトは、盲人になって帰ってきた。すぐそばで手榴弾が爆発したのだ。アントンは、ガラス製の義眼をつけていた。

ベルングラーベン村の、二クラスしかない学校で教えているポッシュマン先生は予備少尉だった。喉に怪我を負った先生は、しゃがれ声しか出ない。言っていることを理解するのに、二度は聞きなおさなければならない。

シャットニー村のフランツ・ロレンツェンは、女たちが放ってはおかないほどの美青年だった。しかし戦争が始まって二年目、戦闘で睾丸を負傷した。村に帰ったフランツは、そのことを秘密にしようとあらゆる努力をした。それなのに、母親が泣きながら隣家の奥さんにそのことを話すと、その奥さんは秘密を言いふらしてしまった。人々は好奇の目を向け、女たちは同情した。いや、誰も忍び笑いなどしなかった。しかし、フランツは猟銃で自ら命を絶った。

モーレン村の青年、エーリヒ・マイクスナー。彼の場合は、もっと悲惨だ。オールミュッツの野戦病院から退院してきたエーリヒには、グレーテ・フィービヒという美しい恋人がいた。グレーテはすぐに彼に会いに駆けつけた。ところが、思いもよらないことにエーリヒの鼻がなくなっていた。頰には大きな穴があき、口の中を覗き込むことができた。唇を閉じていても、舌も歯も丸見えだった。

グレーテは悲鳴をあげてその場から走り去った。その後、医者が頰の穴を縫い合わせ、口と額のあいだに、少々ゴツゴツしてはいるが新しい鼻をつけてくれた。それでも彼女は、もうけっしてエーリヒに会おうとしなかった。人々はさまざまに噂した。グレーテは、こっそりポーランド人の強制労働者とつきあっていて、戦争が終わったら彼と逃げるつもりだ。エーリヒの鼻は尻の肉からできている、などと言う者もいた。

戦争はほかにもヴォルフェンタンの秩序を変えた。ここで働くことを余儀なくされたポーランド人やウクライナ人、フランス人の捕虜や、ルール地方からの疎開者たちが、あらゆる場所に入り込んできた。

ルールの人たちは、この地方では聞き慣れない名前を持ち込んだ。ロッテ、ローレ、レナーテ、イレーネ、エファ、アンネマリーなどだ。彼らはさらに、新しく生まれた子どもたちに、ハルトムート、ゲルノー、ギーゼルヘル、ロートラウト、クリームヒルト、エッダといった名前をつけた。

彼らは野菜をたくさん食べたり、デザートに甘いプリンを食べる人たちだった。多くはプロテスタントで、何もかもヴォルフェンタンの人々と違った。それでも、彼らはよく順応していった。手狭な部屋にも、旧式のコンロにも、薪を割ったり、ウサギや鶏を飼ったりすることにも慣れた。限られた条件の中で工夫をこらし、最善を尽くした。それは、ある目的のためだ。戦争を生き延びること。それだけだった。

ヨハンが来るのを特に心待ちにしていたのは、ドルトムントの小学生たちだった。子どもたちは、ペッタースキルヒェンとシャットニーのあいだにある元労働者用バラックに先生二人と寝泊まりしていた。ヨハンが道からはずれてバラックへ向かってくるのを見るやいなや、子どもたちが駆け寄ってきた。八歳から十歳ぐらいの子どもたちの多くは、泣きはらした目をしていた。ホームシックにかかっていたのだ。

先生のひとりはとても若く、ヨハンと同じぐらいの歳に見えた。彼女は、短い教員養成期間が終わってすぐ、この宿舎を任されたと言っていた。年配のほうの先生は三倍ほども年上なのに、神経質で不安そうだった。あまり有能そうには見えない。

若い先生は貴族の出身で、ウテ・フォン・コンラディといった。名前を聞いただけで、城や乗馬用の馬や、壮大な恋愛物語などを連想してしまう。しかし、戦争は向かう相手を選ばない。貴族だろうが何だろうが関係ない。ウテの目も、しょっちゅう赤く腫れていた。彼女は恋人がいるのだろうか？少尉や少佐といった肩書きがついた人たちから軍事郵便が届くが、差出人の苗字はウテと同じコンラディだ。おそらく、父親か兄弟だろう。

ヨハンは窓越しに、バラックの中を覗くのが好きだった。子どもたちはよく手紙を書いていた。故郷の家族への手紙だ。宛先の住所も差出人の名前も、きちんと正しく書いている。

ヨハン自身は子ども時代、ほとんど手紙を書いたことがなかった。だって、誰に宛てて書くというのだ？　初めて手紙の書き方を教わったのは、戦争に行ってからだった。

ヨハンは、書くより読むほうが好きだった。学校の教科書は毎年、学年の始めにすぐ読んでしまった。そして、読めるものは手当たりしだいにペッタースキルヒェンの小さな図書館から借りてきた。司祭館で炊事をしているおばさんは図書館の管理人を兼ねている。話のわかる人で、快く大人の本を貸してくれた。そうやってヨハンは図書館にある二百八十一冊をすべて読んでしまった。最後の小説を読み終わったのは、戦争が始まって二年後だった。

それは一九四一年の夏のことだった。しかし国の政策は昔ながらの図書館をめちゃくちゃにしてしまった。中身がガラリと変えられてしまったのだ。ユダヤ色や共産主義色のある本は、アーリア、ゲルマン、原初ドイツ的[13]な本と入れ替えられた。山のような箱が届き、新しい本が並べられた。ヨハンは読んだ。それは、さまざまなことを考えるきっかけを新たに与えてくれた。

「母さん、本当なの？」

ある時、母にたずねた。

「ユダヤ人は金を稼ぎたいだけだって」

「そんな馬鹿げたこと、どこから聞いてきたの？」

母は不思議そうに言った。

「新しく入った本に書いてあったんだ」

「あんたの脳みそはなんのためにあるの？　頭を使いなさい」

戦争中、以前にも増してたくさんの手紙が書かれた。しかし、戦況が悪化するにつれ郵便事情もますます悪くなった。それはヨハン自身が戦線で、身をもって体験したことだった。外国との郵便は混乱し、郵便物が捨てられたりした。郵便局や輸送手段、郵便ポストまで攻撃を受けた。命を落とす郵便配達人もいた。

戦争は、どれほどの愛を阻んだことだろう。しかし、そのような時代にどんどん大きくなっていくもの――それは不安だった。黒い手紙はいつ来るかわからなかった。それは家族を極度の恐怖に陥れた。戦争は慣れ親しんだものを破壊し、安全を食い破り、希望を押し潰し、身体を痛めつけ、魂を歪める。ものごとを記憶に刻むという意志さえ奪い取ってしまう。かつて、ペッタースキルヒェンにはジークムント・ヴァイツェンフェルトというユダヤ人の獣医がいた。一九四二年、彼は夜霧の中、家族とともにどこかへ連れ去られた。しかし、そのことを思い出そうとする者はもういない。誰かがヴァイツェンフェルト一家についてたずねても、みんな、消息不明だねと言って肩をすくめるだけだ。

ナナカマドの葉がキラキラと輝いている。じきに、もしかすると明日にも、最初の霜が降りることを知っているのだろうか。

ヨハンはなだらかな南斜面を下っていった。配達ルートの二番目にある村シャットニーは、明るくて晴れやかな感じがする村だ。春になると七つの村で一番にヤブイチゲとスノーフレークが咲く。冬の晴れた日の昼間、太陽がシャットニーの家々の中庭を暖かく照らすことがある。そんな日には、家畜小屋の掃除に精を出す女たちもカーディガンを脱ぎ、老人たちも昼食後に部屋履きのまま外へ出て、家壁のそばのベンチに座って日向ぼっこをする。シャットニーと聞くと、太陽の光に照らされた村の風景が目に浮かんでくる。

ここは、まだ緑一色だ。生命あるものはすべて、太陽の中で手足を伸ばしている。午後には、刈り入れの終わった畑の上に色とりどりの凧があがることもあった。牛を使って畑を耕す老人は、ヨハンの姿を見ると鞭を持った手を上げて挨拶をした。

かつて、シャットニーはカルテンバッハ峡谷の底にあったと言われている。一日の大半は日陰だった。そんなことから住民たちは村を「シャッテナイ（日陰）」と名づけた。ところが、約二百年前にこのあたり一帯で大きな火事が起きた。住民たちはそれを機に、丘の上に新たに農地を拓き、畑を耕す決心をした。一軒だけ、元の場所に留まった。水車を使う製材業を仕事にしていたからだ。製材所はどうしても川のそばになくてはならない。

ソバカス顔のマリエラが、ヨハンのほうに向かって歩いてきた。彼女の母親はシャットニーの学校の先生だ。

「どうせ、彼から手紙は来てないと思うんだけど……」

ところが、今日はある。軍事郵便だ。マリエラは嬉しそうに手紙を受け取ると、走っていった。

マリエラは、熱狂的なヒトラー信奉者だ。十一歳の時、ヴェルンスタールで発見された鍾乳洞を見物に来たヒトラーと握手したことがある。戦争が始まる直前の、まだ平和な時代だった。それ以来、マリエラは自分の右手を神聖なもののように思っていた。ところが、神同然だったはずのヒトラーさえ今は色あせた存在だ。恋人からの手紙だけが、今のマリエラの生き甲斐だ。まだヒムリッシュ・ハークにいる時、彼はヒトラー・ユーゲントのリーダーだった。

ヨハンは家々を順番にまわった。窓やドアから、人々が顔を出す。みんな、期待に満ちた様子でヨハンのカバンや手に注目している。どこへ行っても、声をかけられる。教室の窓からこちらを見ている先生に手を振る。不安げな人々には、手紙を手渡しながら「大丈夫ですよ！　息子さんからの手紙です！」と言って、安心させる。

するると、妻や姉妹、母親や父親たちの顔が輝き出す。手紙が来た！　生きてるんだ！　リンゴジュースが一杯、窓越しに差し出されたりする。

小さな教会の角を曲がった。カバンが少し軽くなって嬉しい。次に向かうのはオードだ。日差しがさらに暖かくなった。

歩きながら、ヨハンは昨夜の夢を思い出していた。また悪い夢を見たのだ。汗びっしょりになって飛び起きたあと、暗闇をじっと見つめた。

レックフェルト夫人は何度も、ヨハンの部屋から叫び声が聞こえると言った。ご主人は、そんなはずはない、男というものは不安のあまり叫び声をあげるようなことはしないものだと奥さんに言った。しかし、ヨハン自身は大声をあげたかもしれないと思っていた。それは、手紙を詰め込んだ郵便カバンを失くした夢だった。夢の中で、ヨハンは信じられないような場所でカバンを探していた。シャットニーの墓地、バンネルトさんの農場で湯気をたてる堆肥の山、モーレンの沼の中。ロシアの白樺の木の枝の中も出てきた。

そもそも、郵便配達人が手紙の入った郵便カバンを失くすなんて、冗談ではすまされない。中には、召集令状もあれば、愛の告白や罪の告白、死亡通知のような重要な書類だってあるだろう。

　失くした手も時々夢に出てくる。ある時は、ヨハンに向かって白樺の枝から手を振っている。ゆっくりとコーヒーをかきまぜている時もある。出てくるのは自分の手だけだ。それ以外は何も登場しない。蜘蛛の糸のような目に見えない糸に吊り下げられた手に頭をなでられることもあった。五月に見た夢は、絞首台で働く手だった。パルチザン[14]の男が背を向け、ヨハンの手が男の首にロープをかけようとするところだった。ヨハンは自分の叫び声で目が覚めた。

4

1944年10月

月曜日。十月特有の霧が出ている。朝食の温かい牛乳がまだ胃の中に残っているのに、寒さで身体がぞくぞくした。

ロシアの軍隊が東プロイセンに攻め込んだ。ついにドイツ領に達したのだ。もちろん、すぐに撃退されはしたが、その事実は懸念を呼んだ。そして人々の不安を膨らませ、恐怖を煽った。

ヨハンは足を速めた。一緒に前線に向かった仲間たちは、今頃どうしているだろうか？　兵舎での訓練は六週間だったが、ヨハンには一年にも感じられるほどだった。

野戦病院を出て戻ったのち、仲間から何通か手紙が来た。短い手紙だったが、ヨハンが除隊したあとで誰が負傷し、誰が命を落としたかが書かれていた。戦友からの手紙は少なくとも、「俺はまだ生きているぞ」というメッセージだった。

ヨハンは訓練中、ヨーゼフ・ツァッハとホルスト・ミュラーの二人と親しくなった。ヨーゼフは何よりも甘いものが好き、ホルストは酸っぱいもの好きだった。ヨーゼフは快活で癇癪持ちだったが、ホルストは内向的だった。ヨーゼフは不規則な間隔で舌打ちをした。ホルストはよく上唇を噛んだ。

やがてヨーゼフ・ツァッハはロシアの捕虜になり、手紙が来るのはホルストからだけになった。ホルストは、あらゆる死の危険を賢く巧みにすりぬけて生き延びていた。今まで失ったのは弾丸に吹き飛ばされた耳半分と、凍傷にやられた左足の小指だけだ。ホルストは慎重だった。与えられた可能性の中で、うまくやっていける男だった。

彼らはどうしているだろう？　まだ生きているだろうか？

ペッタースキルヒェンへ向かう道は四本あった。北西から、東から、南から、そして西南西から。この四本の道にはバスが走っていて、村人たちと外の世界を結んでいる。平時には、バスは一日に二便あったが、今は一便だけだ。

ペッタースキルヒェンは、七つの村の中で一番大きな村だ。戦争が始まった時は八百人が暮らしていた。警察署の建物の中に役場があり、司祭館、玉ねぎ型をした塔のある教会、三クラスの学校、幼稚園、ガソリンスタンドが一軒、職人の作業所が数軒、居酒屋が二軒、郵便局、そして乳製品製造工場まであった。そして、医者、教区内の福祉担当シスター、獣医がひとりずついた。ペッタースキルヒェンの住人は、まだ定期的に広場で市（いち）が立っていることが誇りだった。いつの日か、市に昇格することがあるかもしれない。

ヨハンはここの郵便局の職員だ。郵便局の仕事を取り仕切っているのはヒルデ・ベランだが、あれこれ指図や命令をしない協調的な女性だ。窓口はもちろん、事務作業全般を引き受けてくれるのはありがたい。

裏口ドアを入ると、ヒルデはもう来ていた。いつも、ヨハンより先に出勤している。五十代のヒルデは、早くに夫を亡くしていた。窓口業務には三十年以上のキャリアがあるので、頭の中にはあらゆる郵便規則や郵便料金が記憶されている。髪には白いものが混じり、少し薄くなっていた。

ヒルデが着るのは、自分で縫った服だけだ。それも、ほとんどが民族衣装のディルンドル。縫い物をするのは土曜の午後か日曜だ。裁縫はさすがにヨハンとの共通の話題ではなかった。彼女にはたくさんの裁縫仲間がいて、郵便局の窓口は、ファッション雑誌を貸し借りしたり、どこへ行けば撚糸やバイアステープや美しいボタンを買えるかなどの情報交換の場だった。


ヨハンは息子といってもいい年齢だったので、ヒルデはしだいに母親のような感情を持つようになった。ヒルデは毎朝、ヨハンのために麦芽コーヒー〔代用コーヒー〕を淹れて待っている。ヨハンが一口ずつコーヒーをすするあいだ、新しいニュースを伝えてくれる。

「モーレンの先生のお母さんが昨晩亡くなったの」

ヒルデは気の毒そうな表情で言った。

「心臓発作よ」

ヨハンは、恰幅のいい老女を思い浮かべた。いつも気丈でいようとつとめている女性だった。ほんの数日前、息子からの軍事郵便を手渡したばかりだ。「そろそろ休暇で帰ってくる頃ね。クリスマスには帰ってくるかしら？」と言っていた。

戦場にいる息子には、故郷から黒い手紙が送られる。普通は逆なのに。運よく休暇がもらえたとしても、息子が再会する母親はもう亡くなっているのだ。


ヨハンの場合も同じだった。召集されてほんの三週間後、母親の身に起きたできごとだった。ヨハンは、訓練中の兵舎から三日だけ休暇を与えられた。兵舎から家まで、鉄道で三十分、そこからバスで三十分というわずかな距離だ。その時のヨハンにはまだ、左手があった。

ヨハンの母、ヨゼファ・ポルトナーは助産師だった。棺に横たわる母は、別人のように見えた。もう遠いところへ行ってしまったように感じた。母の額にキスすることさえできなかった。でも夜中に母の声が聞こえた。

「ハネス、窓を閉めなさい。雨が……」

その後ヨハンは、七つの村々をめぐる仕事の中で、母と自分のあいだにどんどん時間が入り込んでくるのをはっきりと感じた。その後に生まれた子どもたちは母の手で取りあげられたのではない。

「シャットニーの製材所の若い未亡人は、夫が戦死してから一年以上たっているのに妊娠中ってわけね」

ヒルデが言うのが聞こえた。

「そうかなあ。彼女が玄関の外にいるのをほとんど見たことがないよ。いったい誰が子どもの父親だっていうの?」

ヨハンは言った。

「フランス人の捕虜を忘れてない?」

ヒルデは思わせぶりな目をしながらささやいた。

「水車小屋で働いてるひとりは、パリの人だそうよ。パリの男ってろくな奴がいない。みんな、パリは汚れた街だって言ってる」

ヨハンは、不機嫌そうに横を向いた。

「単なる噂話よ」

ヒルデは言い訳するように付け加えた。

「だけど、もし父親が本当にそのフランス人だとしたら、まずいことになる」

「誰がそれを証明できるの?」

ヨハンはそう言ってコーヒーの最後の一口を飲み干すと、大きな仕分け棚の前へ向き直った。

ひと目で、ヒルデがすでに仕分けを終えていることがわかった。郵便物は毎朝、郵便車でヒムリッシュ・ハークから運ばれてくる。この地域に一台しか残っていない郵便車だ。両手が使えるヒルデは、ヨハンの倍のスピードで仕分け作業ができる。彼女は七つの村の住人を全員知っていた。それどころか、ルール地方からの新住人や、農場で働くポーランドやウクライナ人の作男や女中のことまでよく知っている。

ああ、今日もベルンググラーベンの大学教授宛ての本が山積みになっている。

「黒いやつはある?」

ヨハンはたずねた。

ヒルデが疑わしい手紙を見逃すことはめったにない。彼女はあらゆるものに目を光らせている。差出人や消印も入念にチェックしていることを、ヨハンは知っていた。兵営の事務所から送られてきた手紙は、不吉なものだとすぐにわかった。軍隊付きの牧師や仲間からの手紙が、部隊の公式通知よりも先に郷里に届くことがあった。そういう差出人からの手紙は、戦死を知らせるものかどうか一見してもわからない。

「ごらんなさい」

ヒルデは言った。

明らかに、黒い手紙だ。宛名はベルンググラーベンのエルザ・ファイニンガー。居酒屋〈野牛〉のウェイターの妻だ。

「子どもが五人いるのよ」

ヒルデはため息をついた。

「下の子はやっと二ヶ月か三ヶ月。最後の休暇中にできた子。戦争前、彼は二度ほど何ヶ月か刑務所暮らしをしていたけれど、彼女は夫を見捨てなかった。子どももよく育ってる。ちゃんと食べさせて、きれいにしてるし」

「無口な人だよ」

ヨハンは言った。

「毎週日曜日に夫のアロイスに手紙を書いて、月曜日に僕に渡す。そりゃもう規則正しくね」

「エルザはクネルトの娘よ」

ヒルデは言った。

「母親も未亡人、その長女ね。あの家も貧乏だった。エルザは、娘時代もいい生活はしてない。それだけじゃない。エルザの妹のローゼルは自殺したのよ……」

ヨハンは憂鬱になった。エルザはこの知らせをどう受け止めるだろうか？　たいていの場合、こんな手紙を受け取った女性の反応はほぼ予想がつく。しかし、エルザは感情を表に出さない。

ペッタースキルヒエン、シャットニー、オード、ベルングラーベン、ディッキヒト、モーレン、ブリュンネル。ヨハンは深いため息をついた。ベルングラーベンで待ち受けていることを思うと、気が重い。忘れずに上っ張りをはおった。何があるかわからないから。

村ごとに仕分けされた郵便物を順番にカバンに詰めながら、ヨハンは数えた。七束。いつもとほぼ変わらない。年にほんの四、五回、ブリュンネルとディッキヒトとモーレンにはまったく郵便のない日がある。もっとも、オードには珍しくないことだが。

ヨハンは黒い手紙を胸のポケットにしまいこんだ。

霧は晴れるだろうか？　いっそ雨が降ればいい。どっちみち気持ちはもう暗くなっているのだから。

小雨が降りだした。オードを出ると、土砂降りになった。

ベルングラーベンはふだん以上に、陰気だった。どの家からも雨滴がしたたり落ちている。エルザの家は橋のわきだ。シャットニーのほうから流れてくるカルテンバッハ川がレネ川とそこで合流する。シャットニーからディッキヒトに向かう道が街道から枝分かれする場所だ。

エルザが玄関を開けて、手を振っていた。前の日に夫に宛てて書いた手紙を持っている。ヨハンは深く息を吸った。事は早く片づけてしまおう。しっかり歯を食いしばるんだ。

「ひどい天気ね」

近づくと、エルザはうんざりしたように首を横に振った。

ヨハンは雨合羽についた雨滴を落としてから、手紙を受け取った。玄関を入ったところには、子どもたちが立っている。ずんぐりした体つきの四人はみんな、エルザと同じ縮れ毛だ。

ヨハンはちらりと手紙の宛名を見た。アロイス・ファイニンガー。もちろんだ。ほかに誰がいる？

「顔色が悪いわ」

エルザが言った。

「僕が？」

驚いて、ヨハンは聞いた。

「エルザさんじゃなくて？」

「私はいつもそうよ」

エルザは言った。

「どうぞ、入ってちょうだい。お茶を淹れるわ」

エルザはヨハンの雨合羽を脱がせて、廊下のフックに掛けた。ヨハンは上っ張り姿で、郵便カバンをわきに置いて腰をかけた。湯気が立っているお茶は、熱すぎてまだ飲めない。子どもたちは遠慮がちに距離を置いて立ち、ヨハンをじっと見つめていた。

「学校は休みなの？」

ヨハンは子どもたちにたずねた。

「ジャガイモ収穫休暇だよ」

一番年上の男の子が答えた。

ああ、そうか。だから今日はたくさん子どもを見かけるんだ。

ヨハンはため息をついた。そろそろ渡さなくては。ヨハンは向かい側に座っているエルザに黒い手紙を差しだした。そして待った。手紙を読むあいだ、彼女をひとりにしてはおけない。エルザは怪訝そうに差出人を見た。そして、ゆっくりと封筒を開けた。とてもゆっくりと。

ヨハンはテーブルの横のベッドで眠っている赤ん坊を見た。

「かわいい子だね」

重苦しい沈黙に耐えきれずに言った。

エルザは手紙を読んだ。ヨハンは視線を落とした。知らせを読むエルザの顔を見るのは不躾だと思ったのだ。そして、受け取ったアロイス・ファイニンガー一等兵宛ての手紙をじっと見つめた。なんという静けさだろう。顔をあげると、子どもたちがヨハンではなく、母親のほうを見ていることに気づいた。

「ロイスル」

エルザは静かに言った。

「ヨハンを玄関まで送って。支度を手伝ってあげてね」

エルザには僕は必要ない。強い人だ。

「心からお悔やみ申し上げます」

ヨハンは低い声で言うと、部屋をあとにした。

長男がついてきた。少年は母親が書いた手紙を差し出すと言った。

「これ、忘れないで」

「雨合羽を肩にかけてくれる?」

ヨハンは言った。

「片手じゃうまくいかないんだ」

手伝っているあいだ、少年は手紙のはじっこを唇にはさんでいた。そして雨具をヨハンの肩にかけ終わると、あらためて父親宛ての手紙をヨハンに手渡そうとした。

「いや」

ヨハンは言って、少年の頭をなでた。

「パパはもう手紙を受け取れないんだ。亡くなったんだ」

少年は大きく目を見開いた。

「ママのところへ行って」

ヨハンは静かに言った。

「そして気遣ってあげて。泣いたり叫んだりしちゃいけないよ。ママがもっとつらくなるから。今は君たちしかいないんだ。いい?」

少年はうなずいた。そして手紙をぎゅっと握りつぶすと、玄関を開けて雨の中へ駆け出した。数歩走ると、橋からレネ川に手紙を放り投げた。少年は戻ってくると、ヨハンのわきを通り過ぎて家の中へ入っていった。手紙が浮き沈みしながら川の流れを下っていくのが橋の上から見えた。

ディッキヒトへ向かう道すがら、ヨハンはずっと無口なエルザのことを考えていた。少年は母親を慰めることができただろうか？　そもそも、彼女に慰めは必要なのだろうか？　明日また寄ってみよう。

この上には森林官の官舎がある。今日も行かなくては。気の毒なキーゼヴェッターさんのところへ。

5

1944年10月

数日前にラジオで、補充部隊が創設されるというニュースが伝えられた。「国民突撃隊[15]」と名づけられた部隊だ。十六歳から六十歳までの兵役能力のある男たちの中で、今まで召集されていない者が対象だという。

七つの村では熱い議論が交わされた。高校生や老人たちが郷土の防衛に動員される。なんの経験もない子どもたちや、ポンコツで使い物にならない高齢の男たちが戦場へ送られるのだ。いざという場合には砲火の餌食になる。あまりにも情けない。

戦地から戻ったこの五月から十月までのあいだに、ヨハンがはっきりと思い知らされたことがある。それは、戦時下の郵便配達は容易な仕事ではないということだ。身体的にではなく、精神的な意味でだ。見習い期間中、黒い手紙を配達させられたことは一度もなかった。まだ年端の行かないヨハンにとって、配達先の家族にお悔やみを述べるのは荷が重いだろうという配慮からだった。その種の手紙は、ヒルデ・ベランがこっそりと司祭や村長に頼んで家族に手渡してもらうよう頼んでいた。しかし一度だけ、ヨハンは黒い手紙だと知らずに配達してしまった。

それは一見、なんの変哲もない手紙だった。差出人の名前はなかった。

遠くから、ヴェンツェルの親父さんが庭で薪割りをしているのが見えた。ヨハンはじかに手紙を手渡すことができた。ヴェンツェルさんは、教会の雑務や墓守りを仕事にしている。彼は斧を薪割り台に突き立てると手紙を受け取って封を切り、中を開いた。すると、いきなり嗚咽を漏らしたかと思うと、手紙を放り投げようとした。ところが左手に薪の樹脂がべっとりついていたので、手紙はくっついたまま離れなかった。ヴェンツェルさんは右手で斧をつかむと、左手に貼り付いた手紙めがけて叩き落とした。制服に血しぶきが飛んだ。

それはヴェンツェルさんの息子が前線へ送られた際に脱走をはかり、射殺されたことを伝える従軍司祭の手書きの手紙だった。「魂が安らかならんことを。公式の死亡証明書は追って送付されます」

こらえきれず、ヨハンはその場で嘔吐した。

母は、胆汁石鹼やら牛乳やらシミとり剤を出してきて、制服についた涙と血のシミを落とそうとした。ヨハンはよく覚えている。でも、うまくいかなかった。

「替えの制服を貸してもらえないか、ゲオルク・シュトルに聞いてごらんなさい」

母は言った。

「制服が乾くまででいいんだから」

「ヒムリッシュ・ハークの郵便配達人の？」

驚いたヨハンはたずねた。

「なんでまたあの人に？　もうけっこう歳がいってるんじゃなかったっけ？」

「ついこのあいだ五十八になったばかりよ。ゲオルクはあんたとよく似た身体つきをしてる」

母の言うことは正しかった。ゲオルク・シュトルは堂々とした体格で、こめかみ部分にほんの少し白いものが混じってはいるが、豊かな茶色の髪に茶色の眼をしていた。ブリュンネルの助産師の息子です、と名乗って挨拶すると、ゲオルクはじっとヨハンを見た。わけを話すとすぐに制服を貸してくれた。母は七つの村どころかはるか遠くの町までよく知られた助産師で、尊敬されているのだと感じた。


制服にシミあとをつけたことで、ヨハンは上司にとがめられた。郵便配達の職務を遂行するために国家から託された制服をぞんざいに扱った――そう責められたヨハンは、それでも遠慮がちに血のシミがついた経緯を説明した。すると上司は、もっと不機嫌になった。郵便配達人の務めは手紙を届けることであり、相手の反応を気にする義務はない。かりにそれが求められたり望ましいとしても、訃報の受け取り人を身体的かつ精神的に支える必要もない、というのだ。

そうなのだ。国家は郵便配達の職務をそのように考えている。しかし、年若いヨハンにとって問題は残されたままだった。手紙を配達する際、どうやって心を閉じればいいのだろう？　動揺したヨハンは、途方にくれて上司の部屋をあとにした。それから何日か、鉄のような表情のまま配達の仕事をした。祝い事の手紙であっても、まったく感情を表に出さなかった。

しかし、そんなことが続くはずもなかった。

困り果てたヨハンは、ヒムリッシュ・ハークの郵便配達人に悩みを打ち明けた。制服を貸してくれた、あの男だ。シュトルは郵便配達をしてもう長い。この仕事に関わることは何でも知っているはずだ。

「違うよ、ハネス」

ゲオルクは若い同僚の肩に手を置いて言った。

「もしも君が人間でいたいなら、心はけっして閉ざせない。そうだな、制服の上に上っ張りを着たらどうだ？　洗うのも乾くのもアイロンをかけるのも簡単で安く買える上っ張り。そうすれば配達先の人に、存分に涙を流してもらえる。場合によっては血が飛んできたってへっちゃらだ」

「そんなものを着ていたら、郵便配達人だってことがわからないじゃないですか」

ヨハンは驚いて言った。

「なぜ、その必要がある？」

ゲオルクは言った。

「君のことはもうみんな知ってるだろ？　ブリュンネルの人はもちろんだ。ペッタースキルヒェンもシャットニーも、オードもベルングラーベンもディッキヒトも、モーレンでも、みんな君のことはわかっている。万一、頭のてっぺんから足の先まで郵便局の人間である証明が必要になったら、上っ張りを脱ぎさえすればいい」

ヨハンはヒムリッシュ・ハークの商店で青い上っ張りを買った。ペッタースキルヒェンの錠前屋の親方が着ているようなやつだ。もちろん、衣料切符[16]の点数よりも数点高かったが。

上っ張りは、涙や血以外[17]のシミも受け止めてくれた。わきを通り過ぎるトラクターの泥よけから飛んでくる油や、カーニバルの揚げパンにのせたシナモンたっぷりのプラムムースがシミになっても大丈夫だ。

ある時、ヨハンはモーレンの若い農婦の家に速達を届けた。受け取りのサインをもらうあいだ、手足をばたつかせる赤ん坊を抱いていなくてはならなかった。鉛筆の芯が折れたので彼女がナイフを探すのを待っている時に、赤ん坊はヨハンの腕の中でおしっこをもらした。

母は、土曜日の午後遅くヨハンが仕事から帰ってくると、すぐに上っ張りをソーダ石鹸で洗濯してくれた。汚れをちらりと見ただけで、それがカササギの糞なのか、それともヒワの糞なのか見分けてしまう。ツグミの糞はどんな鳥のよりも落ちにくいということも知っていた。月曜の朝には、きれいに洗ってアイロンがきちんとあてられた上っ張りがヨハンを待っていた。

ヨハンは小さい頃、母によく似ていた。けれど、背が伸びて女の子が気になり始める頃には、似たところはひとつもなくなった。母はずんぐりしていて、瞳は茶色、髪はブロンドだった。母親と父親の両方の役割を母はこなした。ヨハンが悪い成績をもらってきても、黙ってサインをした。学校では一所懸命がんばっているとわかっていたからだ。ある時母は、大きくなったら何になりたいかとたずねた。ヨハンはためらわず答えた。「郵便屋さん！」と。

母は最初驚いたが、不思議な笑い方をした。そして、本当はあんたをギムナジウムに入れようと思っていたけれど、郵便配達をしたいならいいわよ！　と言った。郵便配達人になれば人間や犬をよく知ることができる。定期的な収入があるから、家庭を持つようになっても、お金の心配をしなくてすむ、と。

やがてヨハンは郵便配達人になった。それを後悔したことは一度もない。

6

1944年11月

十一月の嵐が吹き荒れ、空は薄青く透き通っている。朝焼けが美しい。新しい月が始まってほんの数日しかたっていないというのに、乾いた枯れ葉が路上を舞っていた。ハンノキの黄褐色の葉がカルテンバッハ川の波に踊り、やがてレネ川へと流れていく。ディッキヒトの農家シュモック家では、風に飛ばされた楓(かえで)の葉が年とった牝馬の背中を叩いて舞い上がっていった。

最上級生で十四歳の女の子が、通学カバンを背負ってやってきた。髪の分け目に茶色い菩提樹の葉がくっついている。お下げ髪の子だ。額にかかった一房の髪が風にあおられて、口や鼻をなでている。

「ヨハン、おはよう！ 私んちに手紙は？」

ヨハンは首を横に振り、腕時計を見た。

「こんな早くから、学校へ行くの？」

「教室のストーブをつけるの」

少女は言った。

「先生の奥さんは忙しいから、お手伝いよ」

彼女は頭をあげると、ヨハンの後ろを指さした。ヨハンは振り返ったが、何も見えない。

「違う。上よ！」

少女は大声で言った。

風が枯れ葉を渦高く巻き上げていた。少女はぽかんと口をあけて、その様子をじっと見つめていた。

驚いてヨハンも見上げた。

「私たちも飛ばされたらどうしよう」

彼女は言った。

「君のほうが高く舞い上がっちゃうね。だって僕は重いカバンを持っているから」

ヨハンは言った。

すると彼女は笑いながら言った。

「そんなの放り出せばいいじゃない。そうすれば天まで飛んでいける」

「いや、僕は下界に残る。配達の仕事があるから。この惑星でやることがあるんだ」

「えっ？　ヨハンは惑星にいるの？」

少女は驚いたように言った。

「君は違うの？」

ヨハンは笑いながら足を進めた。

「この地球が磁力を持つ惑星だってこと、もう学校で習っただろ？」

「ああ、そういう意味」

そう言うと、少女は学校のほうへ駆け出した。お下げ髪が跳ねて揺れた。

「もし君が天まで舞い上がったら」

ヨハンは後ろから声をかけた。

「忘れずにまた戻ってくるんだよ。ずっと天国にいるにはまだ若すぎるから！」

少女の笑い声は、やがて嵐の中に消えていった。


今日も郵便カバンは重かった。少なくとも十五キロはあるだろう。いや、それ以上かもしれない。でもペッタースキルヒェンで、ある程度減ったし、ここで預かる郵便物がないのは助かる。ペッタースキルヒェンの住人は、手紙を出す時は直接郵便局へ持っていくことになっているからだ。


ヨハンは、枯れ葉の舞う広場を進んだ。

司祭に二通、医者に一通、警察署に三通、地区指導者に四通、そして学校に一通。

「おはよう、ヨハン！」

古い校舎に向かう子どもたちが声をかけてきた。みんな目を輝かせ、手を振っている。コートやスカートが、風で膨らんでいる。

「やあ、ディーター、ヘルムート、アドルフ！」

ヨハンは答えた。

「おはよう、ヘルガ、イルムトラウト、ハイディ！」

右手にいっぱいの手紙を持ったまま、ヨハンも手を振り返した。ここの子どもたちは全員顔見知りだ。彼らのほとんどは、母の熟練した手で取り出され、初めて見るこの世の光に目をしばたたかせた子どもたちだ。


次は役場に六通、ガソリンスタンドに二通、そして同じく広場に面している居酒屋〈金の白鳥〉に一通。女主人のクリスタ・フィードラーは開け放った二階の窓際で、はためくレースのカーテンにまとわりつかれながら、吹き荒れる風に向かって羽布団を持ち上げていた。

「郵便です！」

ヨハンは上に向かって声をかけ、手紙を持った手を振った。

「誰から？」

クリスタは強風に負けまいと、下に向かって大声で言った。

彼女は働き者だった。前線にいる夫に代わって、ひとりで店を切り盛りしている。地元や近辺の有力者とうまくつきあっていたので商売も順調だし、世渡りもうまかった。双子の娘たちは、メクレンブルク地方に労働奉仕[18]に行っていた。

ヨハンは手紙の差出人を見て、大きな声で読み上げた。

「ミュンヒェンのアドルフィーネ・イェンチケさんです」

「たいへん！　フィニから！」

彼女は叫んだ。

「だけど、クルトからは今日も来ないのね」

彼女は窓際を離れ、戸口まで降りてきた。ヨハンは玄関前の階段の下で待っていた。

「なにか変わったことはある？」

クリスタは手紙に手を伸ばしながら聞いた。

「ブリュンネルのレオ・ガプラーが行方不明です。エルナのお兄さんです。昨日その知らせを届けました」

彼女は悲しそうにうなずいた。

「その噂はもう聞いてるわ。エルナはどうしてる？」

「夜通し泣き声がしていたそうです」

間借り人のレックフェルト夫人が言っていたのだ。彼女は、夜の静けさ以上のものはなんでも聞いている。

クリスタは戸惑ったようにヨハンを見た。そして言った。

「エルナは三年間、うちでウェイトレスをしていたの。午後、行ってみる。でもね、「行方不明は死んだのとは違う」とか、「きっと生きてる。無事を信じましょう」なんて、おためごかしは言いたくない。彼女はバカじゃない。行方不明者が百人いたら、生きてるのはせいぜい五人だってことはエルナだってわかってるはずだわ」

クリスタはため息をついた。

「もしうちのクルトがそんなことになったら、私は〈行方知れず〉より〈死んだ〉と知らされるほうがいい。少なくとも、はっきりしてるもの……」

クリスタはちょうど広場に姿を現した地区指導者に手を振った。アルベルト・マンゴルトだ。一ヶ月前まで、マンゴルトはヒトラーそっくりのチョビ髭を生やしていた。でも今は髭はない。もはやドイツの勝利は信じられなくなったから剃ってしまったのだろうか？

ヨハンはクリスタの目に小ばかにしたような表情をみとめた。脳天気で無邪気なマンゴルトは、乗馬ズボンとブーツ姿の肥満体がどんなに滑稽に見えるか、自分ではまったく気づいていない。口の悪い人たちは、マンゴルトは制服を着たいという理由だけでこのポストについているのだと言っている。マンゴルトは、人はいいが、権力欲を政治状況に合わせる才能の持ち主だった。

「ハイル・ヒトラー！　アルベルト！　元気でやってる？」

クリスタは声をかけた。

マンゴルトは機嫌よく手を挙げた。クリスタは家の中に戻り、その場に残されたヨハンは思った。ここで地区指導者のマンゴルトに郵便を手渡せれば、事務所まで行かなくてもすむ。マンゴルトは郵便を受け取ると、差出人に目を走らせた。ある手紙で彼は目を止め、封を切ると手紙を取り出して読んだ。その時、突風が吹いてマンゴルトのはげ頭から芥子色の帽子が吹き飛んだ。帽子はくるくる回りながら、広場を横切っていった。

クリスタは〈金の白鳥〉の、別の窓から見ていた。強い風がクリスタの笑い声を運んできた。毛むくじゃらの犬が吠えながら、ころがっていく帽子を追いかける。でも犬は帽子を捉まえようとまではしなかった。

マンゴルトはなぜ、手紙の上にかがみこんだまま立ちすくんでいるのだろう？　クリスタに笑われたことが気に入らないのだろうか？　彼は若い頃、クリスタのあとを追いかけていたという。彼女がクルトや〈金の白鳥〉とは、まだ無縁だった頃だ。でもクリスタは何度もひじ鉄砲を食わせた。その後マンゴルトはヴェルンスタールから来た太っちょのオッティと結婚したが、今でもクリスタに未練がある。でもペッタースキルヒェンの人々は、マンゴルトにはオッティのほうがずっとお似合いだと言っている。彼は嵐をよそにまだ立ち尽くしている。

「なんてこった」

マンゴルトは低い声で言った。

そうなのか。ヨハンは理解した。重要人物や特別に悲惨なケースに関しては、地区指導者のところに死亡通知が行く場合がある。家族には地区指導者が口頭で知らせを伝え、弔意を表す。

「誰?」

ヨハンはたずねた。

「クルトだ」

「クルト?」

ヨハンは開け放たれた窓に視線を向けた。クリスタがホレおばさん[19]のように羽布団の陰で大笑いしている。

「アルベルト!」

クリスタの声が聞こえた。

「帽子から目を離しちゃだめでしょ。ほら、あっち!」

クリスタは腕を伸ばして、帽子が飛んでいった方を指した。

「行方不明」

マンゴルトはつぶやいた。

「彼女に伝えなきゃならんのか、俺が」

マンゴルトは手紙を脇にはさむと、乗馬ズボンのポケットから大きなハンカチを取り出して鼻をかんだ。

「俺は、クルトが地獄へ落ちればいいと何度も思った」

ハンカチで口を押さえながら、マンゴルトはつぶやいた。

「だけど、こんな仕打ちを受けなくても……」

マンゴルトはうなだれて、クリスタが指した方へ足を引きずるようにして行った。飾り紐のついた芥子色の帽子は、茂みにひっかかっていた。帽子は汚れ、庇の部分に濡れた跡が残っていた。

事態を理解するまでしばらく時間がかかった。クルト・フィードラー。この街で最も裕福で尊敬を集めているひとりだ。背が高くすらりとしたクルトは、スキーの名手だった。彼は召集されて軍隊へ行った。片や、地区指導者のマンゴルトは、党の上層部から「必要不可欠な人物である」というお墨付きをもらって、地元に残ることを許された。

ヨハンは、二階の窓をもう一度見上げた。窓は閉まっていた。ちょうど手が伸びて、レースのカーテンが引かれた。

「彼女に伝えてくる」

マンゴルトは手に帽子を持って、つぶやいた。

「そうすれば片がつく」

マンゴルトはのろのろした足どりで〈金の白鳥〉に向かって歩いていった。店の重いドアを開ける前、直立不動の姿勢を取って、背をまっすぐに伸ばした。彼の後ろでドアが閉まった。

マンゴルトの立場にはなりたくないとヨハンは思った。クリスタのことを考えた。彼女はおそらく、今日はエルナを慰めには行かないだろう。もしかしたら、その逆はあるかもしれない。絶望した二人は抱き合い、痛みを分かち合うのだろうか？

時計を見て、驚いた。村人たちは待ちくたびれているはずだ。少なくとも二十分の遅れだ。なのに、ペッタースキルヒェンの配達さえ終わっていない。

足を速めながら、森林官官舎のキーゼヴェッターさんのことを考えずにはいられなかった。ものごとにはすべて二つの面がある。この遅れは、キーゼヴェッターさんにもささやかな猶予を与えてくれる。孫のオットーがもう生きていないことを、少しでも長く知らなくてすむからだ。

7

1944年11月

ヨハン・ポルトナーは、十一月の朝の薄明かりの中を歩いていた。もはや夜が明けることはないとでもいうように、空には鉛色の雲が居座っている。菊の香りがする陰鬱な空気は、希望の息の根を止めてしまったかのようだ。

ドイツ。もはや陰で不安が見え隠れしているどころではなかった。それは荒々しく姿を現し、暴れまわり、あらゆるところに浸透していた。ドイツはますます孤立を深めていた。同盟国は次々に協調関係から離れ、相手側についた。昨日の友好国は今日の敵国。イタリア、ルーマニア、ハンガリーもそうだ。ついにはフィンランドまで離反した。敵軍は、ドイツとポーランドの国境線を越えた。祖国はもがき苦しんでいる。

あらゆるものから、滴（しずく）がしたたっていた。ペッタースキルヒェンの街路や路地には、たくさんの水たまりができている。ヨハンのゴム長靴は泥だらけだ。革のブーツを使わなくてすむように、ヨハンはできるだけゴム長靴を履くことにしていた。この先、新しく靴工場が作られる見込みはない。いま持っているブーツは冬のあいだ何度も裏を張り替えたりツギをあてて持たせるほかない。ゴム長靴は大きすぎたので、分厚い毛糸の靴下を履いても大丈夫だ。これで、足指だけはなんとか暖かくしていられる。

丸くなってどこかへ潜り込み、冬眠したい。外の世界とは無縁でいたい。それは叶わない望みだ。こんな特権を与えられているのはネズミやハリネズミや熊だけだ。うらやむべき賜り物ではないか？輝く秋の日に眠りに入り、夢も見ず、暗くて危険に満ち不安な時を安全な場所で過ごしたのちに、春の希望に満ちた日に暖かい太陽の中で目覚める。そんなことができたらと思う。

毎朝のように、ヨハンはペッタースキルヒェンから出る四本の道をすべて、点検するように歩いた。上りに一方を見れば、下りはその反対側へ目を向ける。植民地輸入食品店[20]の前を通りかかった。強烈な匂いがする！　粉や油、スパイスやニシンだ。ある日は魚、ある日は石炭、干し野菜が強く匂ってくる。その日の仕入れによるのだろう。

夏のあいだは色がすべてを支配する。しかし秋の終わりにすべての色が褪せてしまうと、次は匂いの季節がやってくる。感謝の気持ちをこめて、人は嗅覚を研ぎ澄ます。慰めが必要な者は、匂いに癒やされる。嗅覚があるかぎり、人は死なない。

ヨハンは、司祭館から漂ってくる柔らかな香煙の中を、ゆっくりした歩調で進んだ。学校からは、子どもたちの汗が染みた服の匂いや、廊下に干した雑巾の湿った匂いが漂ってくる。酪農場のわきでは酸っぱい匂いがした。

村を通り抜けながら、ヨハンはさまざまな匂いを嗅いだ。腫れ物に塗る軟膏、代用コーヒー、居酒屋からはビールやシュナップス、農場では牛糞。それぞれの匂いがある。

今日は〈金の白鳥〉に手紙が二通あった。一通は健康保険組合から、もう一通は主人のクルト・フィードラーから妻のクリスタに宛てたものだった。行方不明の知らせから十四日後に届いた手紙だ。そう。亡くなった人や行方不明になった人から遅れて届く手紙が一番つらい。公式通知が来てから数週間後のこともあった。そんな時、人は動揺する。

〈金の白鳥〉の廊下で、ヨハンは休暇で帰宅中の二人の娘に会った。二人ともよく太っていて、二人合わせても母親の魅力の半分もない。ヨハンは二人に軍事郵便を手渡しながら言った。

「いつお母さんに見せるかは、君たちに任せるよ」

ヨハンは回り道をしながら教室バラックのほうへ向かった。

そうしないと、子どもたちが大騒ぎしながらヨハンに向かって走ってくる。「ぼくのは？ わたしの手紙は？」と、口々に言いながら。しかし、今日はもう休み時間は終わっている。教室からは、くぐもった声が聞こえてくるだけだ。授業中だった。居住バラックで耳障りな音がする。カチャカチャ、カタカタ、そして笑い声。そこではペッタースキルヒェンの女性が二人働いていて、子どもたちの服を洗濯したり、掃除や食事の世話をしていた。

ヨハンは手紙を郵便箱に投げ入れた。


シャットニー方面へ向かう道沿いの村外れにあるのは、ペッタースキルヒェンのもう一軒の居酒屋〈山の精〉だった。地元の人々はこの店を避けていた。主人は、無免許で屠殺をした罪で刑務所に入れられていたからだ。それ以来、二十五歳の娘が店を守っている。名前はヴェラ。赤みがかった金髪に茶色い眼の、よく笑う娘だ。ヴェラはいつもプラムムースの匂いがする。ムースを仕込んでいる時だけでなく、一年中そうだった。

ヨハンのカバンの中には、ヴェラ宛ての手紙が一通入っている。消印は刑務所内だ。

食堂に入ると、フランス人収容所の監視兵が三人座っていた。彼らに郵便を渡してそばを通り抜けると、後ろで忍び笑いが聞こえた。

厨房へ行くと、ヴェラは流し台の上にかがみこんでいた。彼女は差出人をちらりと見ると、封を切らずにエプロンのポケットに入れてから言った。

「パンにプラムムース塗って食べる?」

もちろんだ。

パンにはムースがたっぷりと塗られている。ヨハンは腰をおろし、口をもぐもぐさせながら、ヴェラが流し台で大きな鍋を磨く様子を見ていた。

「知ってる？　今朝、シャットニーのヴェラー爺さんがベッドの中で亡くなっていたのよ」

ヴェラが言った。

ヨハンはむせて、咳き込んだ。苦しくて息が詰まりそうになった。ヴェラは心配そうに駆け寄ってきて、ヨハンの背中を叩いた。

「よかった。生き返った」

顔を真っ赤にしたヨハンが再び息を取り戻すと、ヴェラは言った。

「英雄的戦死というのはよく聞くけど、プラムムースで窒息死はちょっと情けないかもね」

知らなかった。靴屋のヴェラーさんも、毎日のように戦地の息子からの手紙を待ちわびるひとりだった。ヴェラは続けた。

「ヴェラーさんにとっては、そのほうがよかったのかもしれない。エミールが戦死しようものなら、きっと生きる気力を失くしてた。たったひとりの息子だもの」

そう、エミール・ヴェラー。彼は戦争が始まって二年目に試験に合格して医師になった。今は野戦病院の軍医だ。

ヨハンは額に皺をよせて言った。

「君は、エミールが戦死するに決まってるみたいな言い方をするんだね」

するとは腹立たしそうに言った。

「戦死者はもっと出るわ。去年の夏から今までに、それ以前の二倍は死んでる。なのに、平和はこれっぽっちも見えない――ところで、ヴェルンスタールには干しプラムがあるの。闇で手に入れるしかない」

干しプラムは長いこと入手困難の物資だ。食料切符があってもなくても、手に入らない。そういったものはたいてい、ヴォルフェンタンの奥深くまでは届かないのだ。ヨハンはこの情報をレックフェルトさんたちに教えてあげようと思った。彼らはよくヴェルンスタールまで行く。天気がよければ歩いていけるし、悪天候ならバスの便もある。店の名前は？

ヴェラは知らなかった。でもヴェルンスタールに食料品店は三軒しかない。店に誰もいなくなるまで待って、なんとかうまく聞き出せばいい。ただ、運が悪いと干しプラムは売り切れてしまう。

〈山の精〉をあとにしてから、ヨハンは自分の身体にもプラムムースの匂いが染み付いていることに気づいた。指にはまだ、ムースがついていた。

ヨハンは憂鬱な気分で、エベレッシェン通りを登っていった。なだらかな勾配の道は畑を抜けていく。カラスが畑に群がり、なにかをついばんでいた。ヨハンが近づくと、鳴き声をたてながら飛び立ち、しばらくのあいだ霧の中を旋回して、またカアカア言いながら舞い降りてきた。

シャットニーの墓地にさしかかった時、ヨハンは塀のあいだから中を覗き込んだ。地面にかがみこんで、なにか作業をしている老女の姿がぼんやりと見えた。アマンダばあさんに違いない。口に銃を撃ちこんで自殺したフランツ・ロレンツェンの母親だ。彼女は息子が死んでからどうかしちまったと、人々は言う。でもヨハンはそうと言い切れなかった。少なくとも彼女は自分が何を言っているかちゃんとわかっている。思ったことをかまわず口にしてしまうだけだ。自分自身どころか、神さえ顧みない。

ヨハンは老女に声をかけた。アマンダは身体を起こしてこちらを見た。ヨハンの姿を認めると言った。

「ポルトナーのハネスかい？　ちょっと待ちなさい！」

アマンダは墓地を横切って、まっすぐこちらへ向かってきた。乱れた髪が額にかかり、靴下はずり下がっている。そしてつっかかるような口調で言った。

「なんで、あんたはまだ生きてるの？」

ヨハンは常に、この種の問いに備えていた。アマンダは、休暇で帰ってきた若者たちを見ると、いつもそうやって問いつめるのだ。ヨハンはぐっとこらえて言った。

「ロレンツェンさん、それは僕にもわかりません」

「あんたのどこがフランツより優れてるわけ？」

彼女は叫んだ。そして、返事を待たずに続けた。

「フランツは誰よりも優秀だったのに！」

「ええ、ロレンツェンさん、フランツは誰よりも優秀でした」

アマンダは金切り声になった。

「神様がなにさ。私のフランツを死なせて、他の子たちを生かしておくなんて！　フランツとは比べものにならないくせに！」

ヨハンは黙っていることにした。


森林官官舎のキーゼヴェッターさんとは逆に、アマンダばあさんは自分の息子が死んだことを理解している。しかし、この不条理を、事実として受け入れようとしない。

「神様なんてくたばっちまえ」

そう叫ぶと、アマンダは拳を振り上げながら行ってしまった。そしてフランツの墓のそばにしゃがみ込むと、スカートに顔を押し付けてむせび泣いた。

雪が降り始めた。大きなふわふわとした雪片がゆっくりと舞い落ちた。雪片は乾いた墓石の上に積もり、白くなった面は大きく広がっていった。雪はあらゆる物音を呑み込んで、あたりを覆い尽くしていった。

8

1944年12月

アドヴェント（待降節[21]）が始まった。ヨハンは馬ゾリの轍のあいだを歩いた。戦争に行く前、雪の朝の配達にはスキーを履いた。雪を高く舞い上げながら、野原を横切って斜面を滑り降りる。こんなに楽しいことがほかにあるだろうかと思っていた。ところが、それもできなくなった。今でも、難コースでなければなだらかな斜面をゆっくり滑り降りたりスキーをつけて森や野原を散歩はできるが、配達ルートは急坂が多い。何度か試してみたがあきらめるしかなかった。それはヨハンにとってつらいことだった。

ディッキヒトの子どもたちが、途中までついてきた。

「ハネス」

マリー・シュモックがたずねた。まだ小さな女の子だ。

「戦争、もうすぐ終わる？」

「ああ、じきにね」

嘘をつくまでもなかった。

「クリスマスまでに？」

「いや、それはない。まだ何ヶ月かはかかるよ」

マリーは、がっかりしたようにうなだれた。

「なんだ、違うじゃない」

言うとおりだ。マリーのような小さい子どもにとっては、それは「じき」ではない。しかしここ数週間、戦争は丸く縮こまっているかに思われた。竜でさえクリスマスには敬意を払って、おとなしく食事をするように。

この恵み深い祝祭を危険に陥れることがないよう、みんな大声で話すこともしなかった。クリスマスが終われば、再び地獄のような日々が始まる。戦闘はいっそう激しさを増すだろう。それは、教会でアーメンが唱えられるのと同じぐらい明らかだ。

ヨハンは朝、まだ星が空にきらめいている時間に雪道を歩いてペッタースキルヒェンへ向かう。そして、午後遅く、とっぷりと日が暮れてからブリュンネルへ帰ってくる。ヨハンのカバンは集荷した小包でいっぱいだ。ハインツや、カールや、ユップに送る、防寒用リストバンドや手編みのソックスなどだ。しかし、重量がどんどん制限されていくちっぽけな小包に、いったい何が入れられるというのだ？　太い毛糸の男性用ソックスは、片方だけでもう重量オーバーだ。もうひとつ包みを作らなくてはならない。もしユップの部隊が西部戦線から東部戦線へ配置換えになったりしたら、ソックスが片方ずつ生き別れになってしまうかもしれない。

でもまあ、手編みのソックスがドイツ兵のもとに届いただけで、ありがたいというものだ。ソックスが敵国の兵士の足を温めるようなことになってはならない。

ヨハンは召集令状を受け取った日のことをよく覚えている。母が涙を飲んで国の要求に耐えたはずはない。当然、抵抗した。それまで見たことがないほど怒りをあらわにして、手に持っていた薪を力いっぱい炎の中へ投げ入れた。まるで、戦争はこいつらのせいだと言わんばかりだった。

「母親と助産師は、命がけで子どもを産み出すのよ。だけど、その子どもたちが大きくなったら、国は彼らをこの世から放り出してしまう。国家にどんな権利があるわけ？　国が必要とするのは男だけで女は数に入ってない。女の役目は男たちの戦争のために子どもを作って育てること。そんなことを言わせて、黙ってる女もいるんだから！」

火かき棒を振り回しながら、母は続けた。

「神が人類を創造したのは褒め称えるようなことじゃない。トンボやミミズのほうがずっとうまくできてる。人はなぜ過去の経験から学べない？　同じ過ちばっかり繰り返してる。人間の宿命ね」

母は、水で満杯のヤカンを音をたててコンロに乗せた。

「男が人類を滅ぼす！」

「母さん、僕も男だけど」

ヨハンは反論した。

「あんたは郵便配達夫でしょ」

母は絞りだすような声で言った。

「権力を欲しがる男は、郵便配達夫にはならない。でもあのヒトラーって男！　あいつは権力欲の塊よ。そして世界を支配するために、私たちみんなを焚きつけようとしてる。よりにもよってそんな男に跪かせられてるなんて！」

少し落ち着くと、母は付け加えた。

「ヒトラーが私たちみんなを再びひとつにまとめたなんて言う人がいたら、私はこう言ってやる。あいつはとんでもない男よ！　何百万人もを野垂れ死にさせようとしてるんだから。はっきり言うわ。の・た・れ・じ・に！」

「母さん、まずいよ。そんなことを言ったら命取りだ」

ヨハンは忠告した。

母はヨハンよりもずっと背が低かった。母は下から見上げるように、鋭い目でヨハンを睨みつけた。

「英雄になりたいなんて、口が裂けても言ってはだめ。英雄ってのは死ぬものなの。伝説でもそういう筋書きでしょう？　戦争に行ったら、臆病者でかまわない。生きて帰るためにはなんでもしなさい。だって人生は一度っきり。それがわかってる人は死にはしない」

今年は特に、クリスマスに母がいないことが寂しく感じられる。訓練期間中、母はよく兵舎に小包を送ってきた。中身はたいていプラリネや手製のマジパンボール、バニラキプフェル[22]などだった。小包を受け取るたび、心がなごんだ。届けられた愛情がこわれないように、そっと包みを開いた。そして、次の手紙で心からの感謝をつづった。

ある時、小包が届かない週があった。その次の週も来なかった。次に届いたのは、母の死の知らせだった。

次の休暇は、母を墓地へ運ぶための休暇になった。その後何度か、ヒルデ・ベランから小包が兵舎に届いた。

でも、母の匂いはしなかった。

戦争が始まってから、今年ほど多くの小包が送られた冬はなかった。第一アドヴェントと第二アドヴェントのあいだの月曜は記録的な集荷数だった。シャットニーで二十一個、オードで十六個、ベルングラーベンで三十五個、ディッキヒトで二十三個、モーレンで二十個、それにブリュンネルからもいくつか。いくらなんでも多すぎる。重量もさることながら、そもそもカバンに入りきらない。ヨハンは考えた結果、包みを一個ずつ花飾りのようにつないで首からかけた。しかし、両端を雪面に引きずってしまった。それではだめだ。

他の方法はないものだろうか。今日は子どもの時に使っていた、古い木製のソリをひっぱり出してきた。ソリの上には、雨合羽と同じ耐水性のある生地で作った袋が載っている。こうすれば雪が降っても、ソリが転覆しても、中身が濡れることはない。

ソリの把手には引き綱を結びつけた。綱を輪にして肩を通せば、左手の傷口と右手は暖かい上着のポケットの奥に突っ込んでおける。

頭には耳あてのついた、毛皮の分厚い帽子をかぶった。ヴォルフェンタンの男たちはみんな、何代も前からそんな帽子を使っている。それは寒さとつきあうために必要不可欠だった。ヨハンの帽子は、一九三八年のクリスマスイブに母から贈られたものだ。それは、最後の平和なクリスマスイブだった。

後ろからソリの鈴音が近づいてきた。ディッキヒト方面から来た馬ゾリだ。ヨハンを追い越すと、御者台に座っていた男が振り向いた。そして、ソリを停めた。エーリヒ・マイクスナーだ。上着の襟を立て、毛糸の帽子を目深にかぶっている。ヨハンはその顔を覗き込んだ。顔じゅう傷跡だらけ、鼻はただの肉塊だ。顔をしかめると冗談抜きにゾッとする。それほど恐ろしい顔だ。

「おい、ハネス」

エーリヒは言った。

「雪の中を歩くのはつらいだろ?」

ヨハンは答えた。

「冬ってやつは郵便配達人には容赦ない。戦争と同じだ」

すると、エーリヒは言った。

「ソリを後ろへつないで、乗れよ」

ヨハンにとっては冒険だ。ソリは御者台から見えない。それに、片手一本ではロープを結ぶことすらできない。

ヨハンは袋を載せた小さなソリごと、大きなソリにしばりつけようとした。それも片手では難しい。

すると、エーリヒは御者台から飛び降りて手を貸してくれた。

二人は御者台に並んで座ると、顔を見合わせて微笑んだ。

「傷痍兵が二人」

エーリヒが言った。

「僕は手をなくした身体障害者だ」

ヨハンは言った。

「でも君は？　顔がだめになっただけじゃないか」

するとエーリヒは言った。

「それってドイツ語でどう言えばいいんだろうね」

鈴がチリンチリンと鳴り、雪のきしむ音がする。馬の鼻から湯気が上がっている。

「また悪い知らせを届けるのかい？」

エーリヒはたずねた。

「今日はないけど、昨日はあった。ドルトムントの人の戦死通知だ。奥さんはシャットニーに住んでる」

「子どもは?」

「三人。学校に上がる前の小さな子たちだ」

「その人はどうした?」

「大声をあげて泣きながら駆けていった。子どもたちもあとを追いかけた」

「なんてことだ」

エーリヒは言った。

「君の立場にはなりたくないな」

「何があるかわからない」

ヨハンは答えた。そして続けた。

「だけど、郵便配達人は手紙を届けるのが仕事だ。いい手紙も悪い手紙も同じようにね」

「それにしても」

エーリヒはさえぎった。

「つらい仕事だな。挽臼の周りを回る、目の見えない年とった馬みたいなもんだ。つながれて、後ろから鞭を当てられて粉挽き機を回す。ペッタースキルヒェン-シャットニー-オード-ベルングラーベン-ディッキヒト-モーレン-ブリュンネル。毎日、山越え谷越え同じ輪を描く。そしてまたペッタースキルヒェン－シャットニー－オード－ベルングラーベン－ディッキヒト－モーレン－ブリュンネル。雨の日も風の日も」

「それは違う」

ヨハンは言葉を返した。

「僕は囚人じゃない。好きでやってる仕事だ。それに地元で働ける」

「それがなんだ？」

エーリヒは言った。

「永遠に同じ繰り返しじゃないか。頭がやられちまう」

「それは太陽と地球みたいなもんだ。僕がちっぽけなヴォルフェンタンの周りをまわってるんじゃなくて、世界が僕の周りをまわってるんだ」

ヨハンは答えると、エーリヒは皮肉たっぷりに笑った。

「辺鄙な七つの村と世界を比べるのか？　そりゃあ一度は外の世界を見ただろうよ。ただの兵隊でもさ」

「小さな世界も、大きな世界とたいして違わない」

ヨハンは落ち着いて言った。

「一日一日が違う。驚きや発見もあるよ」

「そもそも戦争のない平時だったら、こんな山の中にどんな郵便が来る？　温泉保養地からの絵葉書、請求書、督促状。それぐらいのもんだろ？」

エーリヒは帽子をさらに深くかぶり、バカにしたように鼻を鳴らした。

「それから、どうでもいいラブレターのやりとり」

ヨハンは微笑んで言った。

「くだらないと思う？」

「エネルギーの浪費だ」

エーリヒはそう言って、馬に鞭を当てた。

「違う。それだって人生には必要だ。そう思わない？」

エーリヒはしばらく黙っていた。そしてつぶやくように言った。

「誰が俺なんかに愛を告白するってんだ？　君だって同じだろ」

「そうだね」

ヨハンはため息をついた。

「確かに」

しばらくして、ヨハンは続けた。

「郵便配達は人と接する仕事だ。手紙そのものよりも、手紙を受け取る人との関わりが大切なんだ。良き郵便配達人は心の医者でもある」

エーリヒは笑い出した。

「昨日のドルトムントの人はどうした？　泣き叫びながら、村のほうへ駆けていったんだろ？　君じゃなくて村人のところへ」

「でもみんな、ドアを閉めた」

ヨハンは静かに言った。

「どうやって悲しみを受け止めてあげればいいのかわからなかったからだ。すると、彼女は振り返って、僕にしがみついてきた。そして、僕の上着が涙でびしょびしょになるまで泣いた。あとで見たら、上着は洗濯板みたいにバリバリに凍ってた。でもその人は、しばらくしたら落ち着いて、子どもたちを家に連れて帰った。そして、子どもたちに言った。ミルクが冷めてしまうわ。ほらみんな、飲みなさいって」

「神は偉大だ」

エーリヒはため息をついて、空を見上げた。

「世界が滅亡しても、君はきっと郵便を配達しているだろうよ」

ヨハンは心の中で思った。そうだな、僕はそのつもりだ。

9

1944年12月

この時期になると、あちらこちらからクッキーや、トウヒの葉や、ろうそくの蜜蠟の匂いが漂ってくる。

ああ、クリスマスのクッキー！　今は戦時なので、いわゆる代用クッキーだ。粗挽きライ麦とオート麦フレークに人工はちみつと穀物粉を混ぜた生地をコーヒーの滓でのばし、人工香料で香りづけしたものだ。それでも、安らぎと家族の匂いがした。

「クリスマスのお菓子よ、召し上がれ」

配達先で差し出された小皿には、三日月形のクッキーが三個乗っていた。ヨハンはひとつだけ口に入れ、舌の上で溶かした。ペッタースキルヒェンではブレーツェル、その次のシャットーの家では星形クッキーをもらった。それは心をなごませ、温めてくれた。

シャットニーからオードに向かうショッター通りから、ヨハンは遠くの風景を眺めた。輝く雪の向こうに、太陽に照らされた鋼色の谷が見える。凍てつくような寒さが鼻をつく。吐く息が白い。雪の中、ソリのブレードのギシギシ言う音が背後から聞こえてくる。

ここはヨハンが大好きな場所だ。天気がいい日には、遠く南西方向にマリアフリーデン巡礼教会を望むことができた。

この教会は、前線にいる男たちの無事と勝利を祈る母親や妻、花嫁たちの巡礼地だった。しかし、彼女らは疑念を抱きながら帰っていった。聖母はなぜ、ドイツの人々に手を差し伸べてくれないの？チェコ人もハンガリー人もポーランド人もイタリア人もフランス人も、そしてアイルランド人も、カトリック教徒なのに。それどころか、アメリカにだって多くのカトリック教徒がいるというじゃないか。

ヨハンはふとこんなことを考えた。聖母マリアの息子キリストは、ごく普通の人間で、世の変革を目指す夢想家だった。しかし彼の目標設定が高すぎたため、人類は見限られることになってしまった。そんな考えに行き着いたのは、母親のせいかもしれない。ヨハンは兵舎にいた頃から、眠れぬ夜にいろんな考えをめぐらすようになった。

山の麓を見下ろした。シャットニーからベルングラーベンへ通じる道が、うねるように続いている。しかし、オードを経由すれば、この曲がりくねった道を行くより近道になる。

前方から薪を積んだ馬車がやってきた。軍用には耐えられなくなった老馬に、老人が寄り添うように歩いている。老人はヨハンに向かって鞭を持った手を振った。キリアン・クネルだ。農場を継いだ長男は、ユーゴスラビアで戦死した。老人は再び農場の仕事に戻った。未亡人になった嫁と、十四歳と十五歳の孫たちも農場を手伝っている。

ヨハンは手のない腕を振り返した。傷口は、母の手編みの手首カバーの中に温かくしまいこまれている。上着の袖は、ソーセージの先端のように結んである。

この手首カバーを見ると、母を思い出す。

「そうそう。ヨゼファ・ポルトナー」

そう言って思い出話をしてくれた年とったアーベル先生は、母を子どもの時から知っていた。

「結局、ヨゼファは楽ができない性質だったのね。かわいそうに」

あながち嘘ではなかった。ヨハンが重い郵便カバンと毎日の長い配達ルートのおかげで鍛えられたのと同じように、母も苦労を通して強くなった。母ヨゼファは、助産師だったヨハンの祖母が歳を取ってから生まれた私生児だった。彼女は、自分も助産師になろうと決心した。祖母の時代と違ってヒムリッシュ・ハークで正規の教育を受け、国家資格も取った。

それはヨゼファが三十五歳の時のことだった。行き遅れと言われても仕方がない年齢だった。ある時、彼女は確固たる信念とともに、ヒムリッシュ・ハークへ聖霊降臨祭のダンスパーティに行った。

十四歳の誕生日、母はヨハンを白樺の森に連れていき、十四年九ヶ月前にそこで起こったことを手短に話した。母がこう言ったのを、ヨハンははっきり覚えている。

「誰があんたの父親なのか、知りたくなったらいつでも教えてあげる」

しかし、ヨハンは知りたいと思わなかった。興味がなかったのだ。ブリュンネルには父親のいない子どもたちがたくさんいた。ヨハンのように、父親を知らない子どもは三人いた。四人の子どもを残して、結核で亡くなった父親もいた。ある父親は、アメリカと何度も行き来した挙句に、家族をヴォルフェンタンに残したままいなくなった。

そうこうするうちに、父なし子はさらに増えた。

だからヨハンは一度も母に問うことはしなかった。単に忘れていたのだ。母を埋葬してがらんとした家に戻ってきた時初めて、ヨハンは気づいた。これで、永遠に父親を知ることはなくなったのだ。

母はとても強い女性だった。ものの見方や感じ方も、とにかく変わっていた。ヨハンがまだ幼い頃、母はこんなことを言った。

「いったい私は、どこのどいつのために、かわいい子どもたちを取りあげてきたというの？　まったく腹が立つ！」

すると、慌てた近所の人はなだめた。

「でもね、ヨゼファ。私たちは先の戦争でひどい目に遭ってわかったじゃない。戦争は一度でたくさん。でも今は平和だわ」

「そうね」

ヨゼファは怒りをこめた声で言った。

「誰だって、もう戦争はしたくない。だけど戦争は私たちが起こすんじゃない。上にいる誰かさんよ。死骸に群がるハゲタカみたいに、爪を立てて権力をつかみ取ろうとする。そんな奴らにとっちゃ、子どもたちのことなんかどうでもいいのよ」

「ヨゼファ。それはあまりにも悲観的よ」

女たちはそう言って笑った。

「男の子は、少なくともウサギを撃てるようになるし」

そう、ヨゼファは辛辣だった。無愛想で、彼女が育ったこのあたりの山々のように、人を寄せ付けなかった。彼女はヴォルフェンタンの荒々しい気候の中で育った。一度出産に呼ばれたら、どんな風にも悪天候にもひるまなかった。冬でも、すぐにスキーを履いて出かけた。一九四四年三月初めのことだった。ヨゼファは無事に子どもを取りあげた帰り道、吹雪に遭った。猛烈な風雪の中で方向を見失って急斜面から滑り落ち、脚を骨折してそのまま動けなくなった。

ヨハンはその時、すでに入営して兵舎にいた。レックフェルトさんたちはまだデュイスブルクにいた。同居するようになったのはその後のことだ。だから、ヨゼファがいなくなったことに気づいた者は誰もいなかった。翌朝、シャットニーの若い女性が陣痛を起こしたので、その親戚がヨゼファの家のドアを叩いた。返事はなかった。近所に居どころを聞いてまわって、ようやく捜索が始まった。三日後、雪の吹き溜まりの下で、ヨゼファが凍死しているのが見つかった。

ヨハンは母の葬儀のために、休暇を取った。墓掘りの老人たちから、凍った土を掘ろうとして鋤が二本折れたと聞かされた。

それはそれは長い葬列だった。ヨゼファにお産で世話になった女性たちのほぼ全員と、ヨゼファの手によってこの世に生まれてきた子どもたちが、最後まで付き添った。

葬儀の日もずっと雪が降っていた。隣に立っている参列者の顔さえわからないほどの猛吹雪だった。

母が恋しい。母がいなくなる前は、孤独を感じたことはなかった。母の愛はヨハンの心を温め、どんなことがあってもけっしてヨハンを絶望させはしなかった。勇気もくれた。しかし今のヨハンは、時として孤独に震えることがある。

「愛情と、ふるさとを思う心をどれぐらい携えて歩んでいけるか、人生はそれにかかっている」

母はよく言っていた。

「愛は力を、故郷は根っこを与えてくれるから」

以前のヨハンなら、そのまま受け入れることはできなかっただろう。でも今は、母の言葉がよく理解できる。とにかく、母には胸を張ってこう言える。「母さんは、僕が生きていくためにしっかり備えをしてくれたね」と。

オードの村は伐採によってできた空き地の真ん中にあった。ここには農場が五つあるだけだ。かなり離れていても、豚の糞、ベーコンや燻製のハムなどが入り混じった、そんな農場の匂いが漂ってくる。夏のあいだ、剛毛に包まれたピンク色の豚たちは、母屋や納屋や物置小屋のあいだを好き勝手に歩きまわる。空き地の砂地のあちこちは、豚の鼻で掘り返されていた。

オードの村人たちは豚飼いの名人だ。彼らは、一番の秘訣は放し飼いにすることだと言う。豚小屋は常に開け放たれていた。豚は外で遊ぼうが、中でのんびりと穴を掘っていようがまったく自由だった。こうやって好き放題にさせること、つまり豚の尊厳を守ることが、おいしいハムやベーコンを作るのだと彼らは言う。

今から百二十年ほど前、この荒れた土地にひとりの鬚だらけの男が越してきた。男はカトリック教会の教えに反して、神を信じなかった。一匹狼の彼はひとりで小屋を建て、ベリー類やハーブ、キノコ、ブナの実、山羊の乳などで暮らしていった。

ある時、そこへひとりの女がやってきた。彼女は結婚している男の子どもを身ごもったとして、家から追い出されたのだ。男はたまたま出会ったその女を、人里離れた自分の小屋へ連れていった。彼女はそのまま留まった。男は子どもの良き父親になった。

二人は山羊を増やし、鶏を飼った。ベリーを集め、キノコを干し、畑を手に入れてカラス麦を植えた。朝や昼はオートミール、夜は彼女が焼いたパンを食べ、カラス麦を常食にした。

彼らは子どもを十人授かった。子どもたちはみんな壮健だった。男はペッタースキルヒェンの畜産市場で、山羊の子を二頭売ろうとしたがうまくいかなかった。しかし、代わりに子豚二頭と交換することができたので、子どもたちの遊び相手として連れ帰った。子豚は立派な雌豚と雄豚に成長した。二頭は泥だらけになって遊び、穴を掘り、子孫を作った。子どもたちは豚と一緒に成長した。そして、非常に知的な動物と言われる豚から多くのことを学んだ。

男と女は歳を取った。しかし、二人は正式に結婚しなかったので、子どもたちはみんなクネルという母親の姓を名乗った。今でも、オードの人たちの大半はクネル姓だ。

近隣の村にも、クネルを名乗る家族があった。みんな、どこか豚の匂いがした。そしてほんの少し風変わりで、反逆精神の持ち主だった。

オードに残ったクネルの孫やひ孫たちは、富を築くことはなかったが、暮らしていくのに不自由はしなかった。「バター・クネル」と呼ばれるクネル一族のひとりは酪農場の責任者になった。しかしそれは半年だけだった。戦争が始まったからだ。徴兵適齢のクネルはみんな、戦争に行ってしまった。曾祖父に一番よく似ているジギスムントだけは召集に応じなかったので、ダッハウの収容所に入れられた。

赤いほっぺをしたオードの子どもたちが六人、駆けてきた。四人は金髪、二人は褐色の髪をしている。彼らは犬が尻尾を振るように、ヨハンとソリの周りを取り囲んだ。

褐色の髪の二人はゲルゼンキルヒェンから疎開してきた子どもたちだ。鉱夫の妻の子どもで、その女性は隠れ共産主義者だった。しかし、彼女はここへ来る以前のことを隠していたし、クネルの女たちと、とてもうまくやっていた。

「うちに郵便は？」—「ぼくのところは？」—「ぼくんちには？」

一番小さな二人は、ヨハンの脚にしがみついた。ひとりはヨハンのズボンで鼻汁を拭いた。

ヨハンは手紙を配った。バター・クネルの妻に二通、ヴェンツェル・クネルの未亡人に一通。彼女はポーランド人だ。そしてゲルゼンキルヒェンの子どもの母親に一通。子どもたちは歓声をあげて、家へ戻っていった。

木靴を履いた老婆が、エプロンのポケットから軍事郵便を二通、小包を一個、普通郵便を一通取り出した。支払いをしようとすると札（さつ）しかない。ヨハンは右手でポケットから小銭をすくい出し、手のひらに広げた。彼女はおつり分の小銭をつまみ上げて、ヨハンに見せた。ヨハンはうなずいた。

ほとんど目が見えなくなった老人が、玄関前の雪を掃いていた。彼は身体を起こし、ヨハンのほうを向いた。

「ハネスかい？」

くぐもった声で言った。

「君だね。汗の匂いでわかったよ」

「そのとおり」

ヨハンは言った。

老人は尿の匂いがした。もう身体が言うことを聞かないのだ。実は、前線にいた時のヨハンも同じ匂いを放っていた。部隊全体がそうだった。死の恐怖が膀胱に刺激を与えるのだ。

道の左側の最後の家は、ダッハウに収監されているジギスムント・クネルの家だった。子どもは四人。一番小さい子は、来年小学校に上がる。妻のヴラスタは陽気なチェコ人だ。何年も前、ケーニヒグラッツ〔現在のチェコのフラデツ・クラーロベー〕に旅したジギスムントは、彼女を連れて戻ってきた。ヴラスタはある時ヨハンに、声をひそめて言った。

「こうなったら、前線よりもダッハウにいるほうが安全だわ」と。

確かに。少なくとも、兵士としての彼の存在は忘れられているようだった。ジギスムントには、戦争を生き延びるチャンスがある。

ベルンググラーベンに向かって足を進めるあいだに、空は雲で覆われ、あたりが暗くなってきた。後方から、豚の鳴き声と子どもたちの声が聞こえる。やがて雪が降り始めた。この南斜面は油断ならない。ヨハンは何度か凍った路面で足を滑らせ、かなりの距離を滑り落ちてしまったことがある。でも今日はソリがある。冒険してみよう。郵便袋を後ろに載せ、郵便カバンを前に抱えて、急斜面を滑り降りるのだ。

大声をあげてみたくなった。山道をソリで滑り降りる！　こんなに楽しいことは戦争に行ってからしばらくぶりだ。ここで下まで降りてしまうと、次はモーレンから森林官の官舎まで急坂を登ることになるのは承知の上だった。

重いソリを引きずって、やっとのことで官舎の前まで登りつめた時、ヨハンにはもう、老女のお決まりの問いに対して、嘘で答えるだけの気力しか残っていなかった。「今日は息子さんからの郵便はありません。でもキーゼヴェッターさん、明日はきっと来ますよ！」と。

10

1945年1月

一九四五年一月。ヴォルフェンタンの住民は——いや彼らだけではない、すべてのドイツ人が、母親の子宮から押し出される新生児のように旧い年から新しい年へ移行した。凍てつくような寒さの中、雪が冷たい輝きを放っていた。

「新しい年は、どんな年になるかしら」

ヒルデ・ベランが言った。

「平和が来るといいのだけど」

勝利後の平和と、そうでない平和。そうでない平和とは、ほかにどう呼べばいいのだろう？　敗戦後の平和？　しかしその違いについて考えてはいけない。違いは、はかりしれないからだ。

レネ川の川岸で、エルザ・ファイニンガーの子どもたちが雪だるまを作っているのが見えた。ドアのわきに立っていたエルザが、挨拶を送ってきた。

ヨハンは思った。〈野牛〉でウェイターをしていたエルザの夫は、ずっと写真立ての中の人だったのかもしれない。子どもを作るためにだけ存在した。

ベルングラーベンの学校にも郵便があった。メガネをかけたポッシュマン先生は白髪まじりで、もう若いとは言えない年齢だった。先生の声はしわがれている。弾が喉を貫通したからだ。ヨハンは彼から何度も同じ話を聞かされた。もうじき手術をしたら声が取り戻せる。そうすればまた元通りだ。それまで、どうにかやっていくしかない。説明すればするほど、どんどん声がしゃがれていく。時には絞りだすような声さえ裏返って、ひゅうひゅう音をたて始める。だから、ヨハンはできるだけポッシュマン先生を避けた。

学校の前には、ドルトムントの教授が立っていた。小さな孫娘を迎えにきたのだ。この子の父親は戦死し、母親と兄は空襲で亡くなった。祖父母である教授夫妻が彼女を引き取り、一緒に疎開してきた。

ヨハンはこの教授を何度呪ったことか。とにかく郵便が多い。特に本だ。そのせいでヨハンの郵便カバンはずっしりと重くなる。でも仕方がない。馬にはカラス麦が必要なのと同じように、教授には本が必要なのだ。

「ポルトナーさん、元気でやっているかい？」

教授が声をかけてきた。

「僕のほうは変わりありません」

ヨハンは答えた。

「先生、いい知らせですよ。本を一冊、お宅に届けてあります」

教授は満足げにうなずいたが、ヨハンに礼を言ったことは今まで一度もなかった。


大きな歓声が湧き上がった。子どもたちはヨハンの姿を見つけるやいなや、駆け寄って取り囲んだ。

「ハネス！　話して！　ニュースはある？」

「ニュースねえ……」

ヨハンは何かを思いめぐらすように答えた。

「そうだなあ。ちょっと考えなきゃ。ああ、あれはニュースだ。アメリカで、クロックスっていう動物の飼育に成功したんだ。クロックスからはミルクと毛が取れる。それに農場の見張りもしてくれて卵も産む」

子どもたちはぽかんと口をあけて、ヨハンを見た。

「そんなこと、先生はなんにも言ってなかった」

赤毛の男の子が言った。

「知ってたら絶対に話してくれたはずだ。だって先生は新聞を毎日読んでるもの」

「そのクロックスって動物、このへんでも飼えるの？」

髪を三つ編みにした女の子が聞いた。

「それが、だめなんだ」

ヨハンは言った。

「ここでは育たない」

「どれぐらいの大きさなの？」

褐色の髪をした長身の男の子が聞いた。

「満腹じゃない時は、折りたたんで引き出しにしまっておけるぐらい」

からかわれたことに気づいた子どもたちは、怒って叫んだ。

「嘘ばっかり！　そんなものいないよ！」

ヨハンは笑って、子どもたちを押しのけた。ぐずぐずしてはいられない。

「ハネス、また明日ね！」

教授の孫娘はヨハンに声をかけ、祖父のほうへ走っていった。


正午の鐘が鳴り始めた。鐘の音はどこか悲しげだ。ベルングラーベンの教会塔には元々、豊かな音色を持つ鐘があった。しかし、それも国防軍に供出させられて溶かされてしまった。今は小さな葬式用の鐘が鳴るだけだ。

ヨハンは大股で、ディッキヒトへの道を登っていった。ベルングラーベンの学校から下校する子どもたちが、そばを飛び跳ねるようにしてついてきた。

森の中にあるディッキヒトまで、わざわざ嫁いでくる女性はめったにいなかった。だから、この村ではいとこ同士や、叔父と姪の結婚が続いてきた。それがどのような結果をもたらすかは明らかだ。

周りの村では人々が、ため息をつきながらよくこんなことを言っていた。ディッキヒトの人間にものを教えるのはたいへんだ。石切り場で働くのと同じぐらい重労働だ。二クラスしかないベルングラーベンの学校で、まともな頭をしているディッキヒトの子は十歳のヘルムート・シュモックだけだ、と。居酒屋〈三つの泉〉の息子ヘルムートは、頭の良さでは他の誰にも負けない。計算は機械のように正確だし、星空のことは全部頭に入っている。先生とも対等に論理的な議論ができる。しかし、あまりにもぶしつけな発言をして、みんなを慌てさせることがある。噂によると、ヘルムートはヒトラーの精神状態を疑うようなことを口にした。彼はこう言った。もし、自分が総統だったらこんな馬鹿げたミスはしない。特に、同時に複数の前線で戦闘をしかけるなんてことは避けただろうと。幸い、ヘルムートはまだ子どもだ。そうでなかったら、とっくにダッハウかアウシュヴィッツ行きだ。ただ、かわいそうなことにヘルムートは時おり、てんかんの発作を起こした。ディッキヒトには、てんかん持ちが多い。

ディッキヒト村への坂道で、ヨハンは何度もヘルムートと話したことがある。空恐ろしいほど、聡明な少年だ。ある時、一緒に歩いていたヘルムートがてんかんの発作を起こした。彼は口の隅から泡を吹いて手足をばたつかせると、意識を失ってしまった。ヨハンはヘルムートを抱きかかえ、家まで連れて戻った。

今日は、子どもたちの中にヘルムートの姿が見えない。飛び級でもしたのだろうか？

ヨハンはディッキヒトの村が好きだった。ここでのおいしい食事は、毎日の楽しみだ。村人たちは、いつも食事にさそってくれる。それも順番にだ。誰も食料切符や現金を要求しない。月曜から土曜まで六度の昼食はバカにならない。

十二時半。村に着いた。最初の配達は〈三つの泉〉だ。バリーという名前のセントバーナード犬が、ヨハンに飛びついてきて手を舐めた。

ヘルムートの姉ギゼラは、若くして隣家の息子コンラート・シュモックと結婚していた。彼女のお腹を見れば、もうすぐ子どもが生まれることは一目瞭然だ。

「ハネス、コンラートからの手紙は？」

ギゼラが聞いた。明るく朗らかな女性だ。

「今日は来てないよ」

彼女と一緒に出てきた子どもたちは、ほうぼうへ散っていった。お下げ髪の一番年下の女の子だけが、ヨハンの手を取って言った。

「今日は家でごはん食べてってね」

女の子はヨハンの手を引いて家に招き入れた。

深くくぼんだ目をしたもじゃもじゃ頭の若い男が、口をあけたままヨハンをじっと見つめていた。村には知能の低い若者が二人いる。そのうちのひとり、ヴィリだ。

「戦争はクソったれ」

絞りだすような声で言うと、ヴィリは歯ぎしりをした。

「ヒトラーもクソったれ」

そう、ヴィリは知的障害者だった。誰にも危害を加えたりしない。知的障害者には、施設に入れられさえしなければ戦争を生き延びるチャンスがおおいにある。しかし、送られたら最後、あっさり片づけられるらしい。人々はひそかに噂していた。彼らは役に立たない穀つぶし、というわけだ。しかし、ヴィリは穀つぶしなどではない。彼は必要とされていた。薪を割り、家畜小屋をきれいにし、畑仕事をする。彼は時々まずいことを口にした。けれど、それは村人以外は誰も知らなかった。よそから人が来ると、村人たちは大急ぎでヴィリを家の中へ引っ張り込んだ。しかし、ヨハンが通りかかった時は、ヴィリはそのまま外にいた。ヨハンはよそ者ではないからだ。

ヨハンは、前線に行っているコンラートの席につくようにすすめられた。ボウルから湯気が上がっている。ブラッドソーセージ、ジャガイモ、そしてザウアークラウト。元気の出る食事だ。しかもおいしい。祖父が食前の祈りを捧げた。お祈りが終わって初めて、やっとジャガイモの皮を剝くためのフォークとナイフを手にすることが許される。

ギゼラはジャガイモの皮を剝き、ソーセージを切り分けてくれた。ヨハンは軽く頭を下げた。家でひとりで食事をする時、ヨハンは右手にフォークを持ち、ソーセージを突き刺してかじりつくしかない。しかし、子どもたちがじっと見つめる中、そんな無作法は避けたかった。マナーは知っている。最後に本物のコーヒーが出た。なんとありがたい！

「どう？　おいしかった？」

赤い頰のギゼラはそう言って笑った。

「そりゃもう！」

ヨハンは礼を言うと、収穫はもう終わったのかとたずねた。ギゼラはまだよ、と手を振った。四年前から、義父と二人きりで農場を切り盛りしていたが、それにもようやく慣れた。夫の様子をたずねると、先日来た手紙はポーランドのヴァルテガウ〔現在のオクレオング・ヴァルスキ〕からだったという。

「よかった」

彼女は言った。

「あそこからなら、戦争が終わったらすぐに帰ってこられる」

この家族の苗字もまた、シュモックといった。

ヨハンは、ディッキヒトの女たちとキーゼヴェッターさんを比較している自分に気づいた。彼女らは現実を正面から見据え、その中で精一杯生きている。それに比べてキーゼヴェッターさんは……。

いや、違う。現実を押しやりたいのではなく、記憶力が弱っているだけだ。キーゼヴェッターさんに罪はない。

それでも、キーゼヴェッターさんはかわいい孫のオットーを待つだけの気力はあった。ヨハンは毎日のように、明日はきっと手紙が来ますよと希望をいだかせている。彼女は、オットーが自分のことを忘れてしまったのだろうかとは考えもしない。もしかしたら、それは、彼の死よりつらいことかもしれないのに。

11

1945年1月

一月最終日の朝。皮膚を刺すような寒さだが、風はない。ヨハンは家を出た時から、今日は平穏なままでは終わらないような気がしていた。

あらゆる意味で陰鬱な朝だった。前線から聞こえてくるのは暗いニュースばかり。郵便カバンの中には黒い手紙が一通ひそんでいる。その日は昼頃まで薄暗かった。

こんな日には、ヒルデは大きな懐中電灯を持たせてくれる。今まで彼女は、秘密のルートを使って電池をうまく調達していた。

この仕事を始めた一年目、ヨハンはこんなことを聞いた。昔、ヴェルンスタールの郵便配達人が、ランタンを忘れたせいで遭難死した。夜道で吹雪に遭い、森の中で道を失って凍死したのだ。十九世紀の終わり頃のことだ。

もちろん、今の帝国郵便の配達人は、よく昔の絵に描かれているような厩舎用ランタンを持って夜道を歩いたりはしない。しかし、灯りは灯りだ。ランタンであれ懐中電灯であれ、いったん準備を怠れば、命取りになるのは同じだ。

ヨハンは目出し帽を頭からすっぽりとかぶった。楕円形の穴が、目と鼻のところだけ開いている。さらに帽子の耳あてをおろし、長く重いローデン〔厚手の粗織りウール地〕製のマントをはおった。左腕の傷口と右手は、毛皮のミトンにしっかりと包まれている。ミトンは母が仕事に行く時に使っていたものだが、母には大きすぎた。母はそのミトンを、八人目の子どもが生まれた家族から贈られた。彼らはお産の代金を、現金の代わりに物で支払ったのだ。

制服のズボンの下には一番暖かい長い下着をつけ、丁寧に足布[23]を巻いた。長靴には詰め物をしたが、それでも中で足が泳いでいる。

ペッタースキルヒェンを出る前からすでに低く雲がたれこめ、不穏な空模様だった。しかし、まだ視界はきいた。シャットニーへ向かう途中、雪が降り始めた。

シャットニーの学校には、手紙が二通来ていた。一通は先生の夫からの手紙、もう一通は彼女の娘でソバカス顔のマリエラ宛てだった。差出人はヒムリッシュ・ハーク出身のヒトラー・ユーゲントのリーダーをしている恋人だ。

マリエラは、身体から熱が伝わってくるほどの熱烈なヒトラー信奉者だ。ペッタースキルヒェンで見かけるマリエラは、少女団の制服の黄色いジャケットを着て、首には革製のリングをつけたスカーフを巻いていた。ハーケンクロイツの旗を掲げ、フォークダンスを踊るマリエラの姿をよく目にした。

マリエラは少女団のリーダーで、その任務を真剣に遂行していた。

しかし、ここシャットニーの学校で見るマリエラは、まったくの別人だ。ふだん着で、彼からの手紙を受け取って喜ぶ、恋する少女。ごく普通の女の子だ。

上機嫌のマリエラは、ヨハンにはちみつ入りの熱いミルクをすすめた。断る理由はない。身体を温めてくれるものが必要だった。

「総統はじきに奇跡の兵器を使う」

「世界中が驚くでしょう。次は最終勝利へまっしぐらよ！」

早口でマリエラは言った。

ヨハンは、答えなかった。

「そう思わないの？」

マリエラは詰問するように言った。

ヨハンは咳き込んだ。あまりにもひどい咳き込み方だったので、マリエラが背中を叩いてくれた。おかげで、話題をそらすことができた。しかし、ヨハンが戸口から出ようとした時、マリエラは話を戻した。

「あなたは否定組なの？」

そう言ってマリエラは、張り詰めた表情でヨハンをじっと見つめた。

「なんてひどい天気だろう」

ヨハンはただそう言ってため息をつくと、雪が舞う中へ飛び出した。背後で子どもたちの声が響いていた。

横なぐりの雪になった。ほんの三メートル先も見えない。ヨハンはあやうく、墓地のほうからやってきたアマンダばあさんとぶつかりそうになった。

「吹雪がやむまで待ちなさい」

アマンダばあさんはそう言って、ヨハンを小さな家へ引き入れようとした。

しかし、ヨハンは首を振った。今日はどうしても製材所まで行かなくてはならない。未亡人のマリアンネ宛ての手紙がある。鷲とハーケンクロイツ付きの、役所からの手紙。それも書留だ。

製材所に着くと、彼女はヨハンに中へ入るように言った。

「グリューワイン[24]でも飲む?」

マリアンネは、受け取りにサインをしながら言った。

「身体が温まるわよ」

ヨハンは感謝しつつも断った。まだ仕事中だし、先を急がなくてはならない。

マリアンネは小さい頃、医者になるつもりだった。しかし、シャットニーの製材所で働くノルベルトと知り合い、二人は一九四〇年のイースターに結婚した。そして聖霊降臨祭のすぐあと、ノルベルトはフランスで戦死した。

小柄なマリアンネは働き者だ。夫の死後、義父と力を合わせて製材所の仕事を続けてきた。しかし、今は彼女が仕事を一手に引き受けている。義父は痛風で、ほとんど動けなくなってしまったからだ。マリアンネは仕事を習得し、人々の好奇心もうまくあしらった。今は時々、製材の仕事に通じたフランス人捕虜が彼女を助けているという。

時々、そのフランス人を見かけた。整った顔立ちの男だ。

そんな美男が製材所で働いてるって？　画家か俳優じゃないの？　その男に仕事の手ほどきをしたって？　みんな口々にそんな噂をした。


シャットニーで配達を終えると、吹雪はいっそう激しくなった。山を越える近道を取るのはやめよう。ちょうど今日はオードに配達する手紙はないので好都合だ、レネ谷へ向かう、カルテンバッハ川沿いの曲がりくねった道を行こう。そのほうが、ある程度風をよけられる。

しかし、その道もどんどん雪が深くなった。鼻と足の指が冷たくなってきた。襟巻きを目の下まで引き上げ、歩調を速めた。カバンはずっしりと重い。ヨハンは黒い手紙のことを頭から追い払おうとした。

今日、それを受け取ることになっているのはロッテ・クレスだ。ルール地方から疎開してきた美容師。ヨハンはため息をついた。

家畜を屠場へ運搬するトラックが停まって、ベルングラーベンまで乗せてくれた。三十分後にまた熱いお茶を出されてかろうじて体を温め、森を抜けてディッキヒトの丘のてっぺんまで行く頃には、吹雪に向かって前に進むには、全力で身体を支えなくてはならなかった。この吹雪は、つらく厳しいロシアの冬を思わせる。ドイツがモスクワ近郊へまで攻め込んだ頃、幸いヨハンはまだ故郷にいた。ロシアの酷寒の中で、多くのドイツ人兵士が命を落とした。歩哨の交代に手間取り、吹雪の中で長時間立っていたりすると、足の指はあっという間に凍傷にかかる。ペッタースキルヒェンにも、凍傷で指を八本失くした兵士がいた。休暇で帰郷し、おぼつかない足どりで歩く彼を見て、女の子たちはくすくす笑った。それでも彼は除隊にはならず、今は戦線の後方で事務の仕事をしている。

猛烈な吹雪だった。雪片が渦を巻き、風が吠える。何も見えない。何も聞こえない。これでは方向を見失ってしまう。気温はマイナス三十度、あるいはそれ以下だろう。

ヨハンは二時間遅れでディッキヒトに着いた。その日は〈三つの泉〉で昼食をとった。ギゼラ・シュモックは郵便を受け取ると言った。

「コンラートから!」

臨月が近いというのに、ギゼラは喜びのあまり飛び跳ねた。

ヨハンは食べ終わるとすぐに礼を言って先を急いだ。正直なところ、ベッドに身を投げて眠りたいと思った。

しかし今日はやるべきことがある。ギゼラに明朝までここで待てば？　と言われたが、首を横に振った。ヨハンはモーレンへ向かう道を取った。モーレンは配達区域の中で、一番谷底にある。

まだ四時過ぎだというのに、ロッテの家の窓にはもう、かすかな灯りが揺れていた。ヨハンは強い風に押されるようにして、凍りついたバルコニーへ向かった。

家のドアをノックした時、眉毛は固く凍りついていた。帽子にも目出し帽にも、ローデンのマントにも、雪がびっしりついて層になっていた。カバンを開けようとしたが、手がかじかんで開けられない。鼻も凍っている。ヨハンは雪を一塊つかむと、鼻をこすった。再び血が通った。

さあ、うまくやらなくては。

ドアを開けたロッテの顔にも雪が吹きつけた。ロッテは笑いながら雪を払った。

ロッテがヨハンの顔を確認するまで、しばらく時間がかかった。

「あなたなの？」

驚いて、彼女は言った。

「こんな日にも配達に出なきゃいけないの？　今日郵便が来ないからって、腹をたてる人もいないでしょう」

ヨハンは答えたかったが、唇が動かなかった。しかし寒さでまわらぬ舌でなんとか言った。

「あなた宛てに手紙が来てるんです」

ロッテはヨハンを招き入れると、ドアを閉めた。そして、マントと帽子を脱がせ、目出し帽をはずして雪を払った。濡れたものをフックに掛けると、ヨハンを居間に通して椅子にかけるように言った。ヨハンは郵便カバンをテーブルの上に置き、たずねた。

「子どもたちはどこですか?」

「大家さんの孫たちと、母屋で遊んでるわ」

ロッテは答えた。

「あちらのほうが暖かいし、たいていお昼を食べさせてもらえるの」

外では吹雪が吹き荒れ、風がバルコニーに吹きつけている。天井から吊り下げられた電球が、左右に揺れている。

「すみません。ご自分で手紙を取り出してもらえますか?」

ヨハンはそう言って、カバンを押し出した。

「手前の仕切りの中にあるので、すぐわかります。もう手紙はほとんど残っていませんから」

「急がないわ」

屈みながらロッテは言うと、ヨハンの長靴を脱がせて足布を取り、両手いっぱいの雪をかきだした。両手でさすると、ヨハンの足にゆっくりと赤みがさしてきた。

暖かい居間の中で、ヨハンの唇もしだいにゆるんできた。

「お願いします、手紙を……」

少しいらいらした口調で言った。早く事をすませたかった。

ロッテは、聞こえないふりをした。円筒形のストーブの上にはお湯が沸いている。お茶を淹れ、足を温める桶を満たすのに十分な量だった。足を湯に浸けると、指がじんじん痛んだ。

ロッテはせわしなく、ストーブの上で手を動かしていた。なぜ、彼女の指は震えているのだろう？なぜ、こんなに落ち着きがないのだろう？

突風が吹き、家が揺れた。

耐えきれず、ヨハンは自分で手紙をカバンから取り出すと、テーブルに置いた。

電球の導線が一瞬、燃えるように赤くなったかと思うと、灯りが消えた。部屋は真っ暗になった。ディッキヒトとモーレンのあいだの電柱が、風で倒れたのだろう。毎冬、一度はあることだ。いや、一度じゃないかもしれない。

こんちくしょう！　灯りがなくては、ロッテは手紙が読めない。

その時、懐中電灯のことを思い出した。マントのポケットに入っている。でも足はお湯の中だ。部屋の隅から、ロッテの声が聞こえてきた。

「それ、読まなくてもいいの」

彼女は言った。

「何が書いてあるのかわかってるもの。ロルフのことね。そうでしょう？」

ロッテは感づいていたのだ。ヨハンは足を浸けたまま立ち上がった。くるぶしのところで湯が波立った。

「そうです」

彼は言った。

「その手紙は……」

ロッテの足音が聞こえた。

「お気の毒です」

つぶやくように、ヨハンは言った。

暗闇の中で、ロッテは言った。

「時々、こんな瞬間を想像していたの。いよいよその時が来た時に耐えられるように」

しばらく沈黙したあと、彼女は続けた。

「ロルフも同じ理容師だったの。私たちはとても愛しあっていた」

ロッテはそこまで言うと声を詰まらせ、むせび泣いた。

「彼は私に夢中だった。私もよ。ほかの誰にもわからないほど。私たちはひと時も離れなかった。まるでこうなることがわかっていたかのように……」

懐中電灯があればと思った。しかし、この状況ではロッテにタオルを持ってきてくれとも頼めない。しかたなく、濡れた足に布を巻きつけて長靴のところまで行き、郵便カバンを取ると玄関のほうまで手探りで進んだ。真っ暗だったので、椅子を倒した。ヨハンは突然パニックになって息を殺した。

ロッテは暗い部屋の中でじっとしていた。怖くなった。彼女は次にどんな行動を取るのだろう? 逃げ出したくなった。ヨハンは懐中電灯のスイッチを入れるのを忘れたまま、フックから自分の荷物を取り、大急ぎで襟巻きと帽子を身につけた。そしてマントをはおると、吹き荒れる雪風の中へ飛び出していった。

急坂には吹き溜まりができていた。ヨハンはやっとのことで足を前に進めた。何度も何度も、腰まで雪に埋まった。懐中電灯の心もとない光が、揺れながら前を照らしていた。濡れた足布に包まれた足は氷のように冷え、ずきずき痛んだ。目出し帽の下の耳も、急速に冷えていった。

ようやく森林官の官舎に着いた頃は、疲れ果てていた。犬の吠え声が聞こえた。山の上で、吹雪は正面から吹きつけてくる。前に進もうとすると、全身の力を振り絞らなくてはならない。

ヨハンは観念して庭木戸へ向かった。犬の吠え声と嵐の咆哮が混ざりあっている。家の二つの窓越しに、ろうそくの灯りがゆらめいているのが見えた。ヨハンは呼び鈴を鳴らした。ドアが開いた。灯火の中、老女のシルエットがうかびあがった。

「こんばんは」

ヨハンはまわらぬ舌で言った。

「僕です。郵便配達の……」

もはや、そこまでしか言えなかった。

「オットー！」

喜びのあまり、キーゼヴェッターさんは大声で叫んだ。そして両手を広げると、ヨハンを家の中へ引きずりこむようにした。

「やっと帰ってきてくれたのね！　こんなに長いあいだ、いったいどこに行っていたの？　ずっとずっと待っていたのよ。よくもまあ聖夜に……！」

12

1945年2月

翌朝、別れぎわにキーゼヴェッターさんがヨハンの耳元でささやいた。

「あんたは自慢の孫よ、オットー！　今日も、昼には帰ってくるわね？」

ヨハンは腹いっぱい食べ、乾いた暖かい服を着て、ブリュンネルの自宅に向かった。昨日配達できなかった郵便がカバンの中にまだ残っている。吹雪はおさまっていた。明るく澄んだ朝だ。空気は氷のように冷たかったが、風はぴたりと止まっている。

大きな雪の吹き溜まりがあった。道はその下に埋まってしまっている。ヨハンはそれを見て、今日はペッタースキルヒェンまで郵便は来ないと思った。これでは、郵便を積んだバスはしばらくのあいだヒムリッシュ・ハークからの登り坂を通行できないだろう。郵便の届きようがない。こちらから取りにいくには、馬ゾリを使うしかない。

ヨハンが帰宅して安心したレックフェルト夫妻は、足拭きタオルを用意すると、つい一時間前まで停電したままだったと言った。二人はヨハンのことをとても案じていた。

朝食はもういらない。キーゼヴェッターさんは、今までひそかにためこんできた食料をヨハンが満腹になるまで食べさせてくれたからだ。

昨晩、何度もキーゼヴェッターさんに、自分は孫のオットーではなくヨハンだと説明しようとした。しかし、彼女は唇に指をあて、不機嫌そうにぷいと横を向いた。ついに、ヨハンはかわいい孫のオットーになりきることにした。外では嵐が吹き荒れていた。しかしヨハンは、熱い風呂に入ったあと、祖母の愛情を一身に受けてオットーの暖かいガウンに身を包み、ろうそくの灯りのもとでゆっくりくつろいだ。

二時間後、ヨハンはペッタースキルヒェンの馬ゾリで、ヒムリッシュ・ハークへ向かっていた。あとはヒルデに任せてきた。村々が雪の中に埋もれてしまったとしても、彼女ならどんなことでも対処できる。ヒルデは毛皮のミトンまで用意してくれた。ひとつは右手に、ひとつは左の傷口にはめなさい、と。

馬ゾリの鈴が響き渡った。年老いた雌馬の吐く息が白い。真っ白な風景の中では、馬の毛さえ汚れて見える。

「今日の配達は遅くなるよ！」

ヨハンは、南を向いて雪かきをしているペッタースキルヒェンの人々に声をかけた。

「まず郵便を取ってこなくちゃいけないんだ」

「そりゃあ、うんと時間がかかるな」

誰かが声を返した。

「気をつけて！」

斜面から子どもたちの歓声が聞こえてくる。ソリを持ち出した子どもたちは、斜面を滑り降りてはまた登っていく。まるで色とりどりの水玉が上へ下へと跳ねているようだ。少しだけ、平和の気配がした。人々はそこかしこで雪をかき、運び、片づけに精を出していた。きれいに雪かきが終わった道もあった。しかし馬の腹まで深い雪に埋まったり、ソリが沈んでしまうところもあった。あるところでは、汚れた白い雪壁が二メートルもの高さまでにせり上がっていた。ヴォルフェンタンの吹雪を甘く見てはいけない。


ヒムリッシュ・ハークに着いた。山の南東斜面に向かって広がる小さな町だ。町の一番高いところには、二本の玉ねぎ型の塔がついた教会と墓地がある。墓地の横の白樺の林はすっかり葉を落とし、枝が鋭く空を指していた。

遠くから、力強いエンジン音が聞こえてきた。曲がりくねった道を除雪車が這うようにして登ってくる。教会の正門前はすでに車が停められるように除雪されていた。おそらく堂守の仕事だろう。ヨハンはそこに馬ゾリを停め、除雪車が通れるように道をあけた。

この地域には除雪車が一台だけあった。その他に、除雪用の馬車が二台あったが、戦争が始まって再登場したような代物だ。だが、今は馬さえ十分に調達できなかった。

除雪車が斜面を登ってきた。まるで古生代の巨大昆虫のようだ。除雪車はガタガタと力強い音を立てながら、かきわけた雪を両側に高く積み上げ、教会に近づいてきた。

エンジン音がやんだ。なんという静けさ！　ヨハンは目を細めて、除雪車の運転手を見上げた。運転台の彼はまるで、君臨する神のように見える。街道の、どの部分が除雪されて普段どおりに通行できるようになるかは、この男次第なのだ。

除雪車の運転手は、座席の後ろの魔法瓶を取って蓋を開けると、コーヒーをカップに注いだ。肩幅の広い、大きな男だ。兵役年齢は越えている。毛玉ができた厚い帽子を目深にかぶり、顎はマフラーにすっぽり埋まっている。男の顔ははっきり見えなかった。

「熱いコーヒーはどうだ？」

男はヨハンに向かって声をかけた。

「〈黒い鷲〉の淹れたてコーヒーだ」

声に聞き覚えがある。上っ張りを着るようにと、アドバイスしてくれたあの男だ。郵便配達夫の心を忘れるなと力づけてくれたゲオルク・シュトル。

「ああ、君だったのか！　ブリュンネルのヨハン・ポルトナーじゃないか！」

除雪車の中から男が言った。

「シュトルさん、なんで除雪車に乗ってるんですか？」

ヨハンはたずねた。

「このご時世、男衆は仕事を選んでなんかいられないんだよ」

ゲオルク・シュトルは答えた。

「郵便配達人だって除雪車を操縦しなきゃならない。平和な時に運転手をしていた者は、とっくに前線に行ってしまった。その交代要員もそうだ」

ゲオルクはそう言って、にっこり笑った。

「やっと、こいつの扱い方に慣れたよ。だから今朝、除雪を頼まれたんだ。除雪車は、先週使ったあと二つ先の村に置いたままだったし」

ゲオルクはカップになみなみとコーヒーをついで、ヨハンに差し出した。カップから湯気がたっている。

「これからdu（ドゥ）で呼びあわないか[25]？」

彼は言った。

「こんな状況でSie（ズィー）で話すのも何だしな。少なくともこの場所にはふさわしくない」

そう言って、道の両側にそびえる雪の壁を大げさに指さした。

「そうだね。いいよ」

ヨハンは手綱を放すとカップを受け取った。コーヒーが少しこぼれて、雪の上にシミを作った。

「おや」

ゲオルクは見て言った。

「両手を使えよ……」

ヨハンは、傷口にはめたを毛皮の手袋を取った。

「しまった！」

ゲオルクは叫んだ。

「ごめんよ。すっかり忘れてた」

そして神妙な口調で付け加えた。

「戦時に地元にいる若者と話すときは、気をつけなくちゃいかんな。でないと、今みたいに気まずいことになってしまう」

ゲオルクは、ヨハンのカップにコーヒーを注ぎ足した。

「君は左手を祖国に捧げた。そして、その手はヴァルハラ[26]で、ぼろぼろの旗に包まれて君を待っている」

ヨハンは黙って、コーヒーをすすった。身体に滲みる。うまい。ヨハンはカップを返して礼を言った。

「でも君は運がよかった」

ゲオルクは言った。

「郵便配達は片手でもできる。大切なのは、君にはまだものを考える頭があるってことだ。そして世界を見て、聞いて、匂いを嗅いで、感じて、味わうこともね」

ヨハンはうなずいた。

「僕は今、国民突撃隊にいる」

しばらく間があって、ゲオルクは言った。

「どうにも逃れられなかった。もうすぐ戦車壕を掘ったり、戦車止めを作らなくてはならなくなるだろう」

「戦車壕？」

ヨハンは驚いてたずねた。

「いったいどこに？」

ゲオルクは聞き返した。

「どこにって？　ここに決まってるじゃないか」

「もしかして、ロシアがここまで来るとでも……」

「もちろん来る」

ゲオルクは答えた。

「もう明らかだ。今は二月だ。もしかするとイースターは槌と鎌[27]のもとで祝うことになるかもしれない。いや聖霊降臨祭まで持ちこたえられるかな。ま、祝えればの話だが」

彼は静かに笑った。

「どっちにせよ、心づもりをしておくんだな。そうすれば覚悟もできるし、よりよい対応ができる。生き延びたいと思うならね」

除雪車の後ろから、馬ゾリが二台、鈴音を響かせながらやってきた。二人の郵便配達人はその場で別れた。ヨハンはまたソリに乗り、手綱を取った。

「これからしばらく会えなくなるかもしれないが」

ゲオルクは声をかけた。

「お互い生きていれば、戦争が終わったらまた会おう。そこの白樺林で！」

「なんで白樺林なの？」

驚いて、ヨハンはたずねた。

「まったく。そんなことを道の向こうから聞くなよ。声を張り上げなくちゃ」

ゲオルクは笑いながら言った。

「危なくなる前に、君も子孫を残すことを考えるんだな。生命をつないでいくことは大切だ。わかるか？」

「そう言うゲオルクは子どもがいるの？」

ヨハンはたずねた。

「少なくともひとりはね」

除雪車の上の男は大きな声で笑うとエンジンをかけ、ガタガタと音を響かせながら遠ざかっていった。

ヨハンは訝しく思った。ゲオルクはなぜ笑ったのだろう？

ヨハンは、ヒムリッシュ・ハークの町へ下っていった。除雪の終わった道は、どんどん進むことができる。郵便を積みこむと、ペッターースキルヒェンに戻る山道を再びソリを走らせた。郵便局に着くと、興奮した面持ちのヒルデ・ベランが窓口から手を振っていた。

「バルト海でヴィルヘルム・グストロフ号[28]が沈んだの！　魚雷に撃沈されて。プロイセン地方からの難民で満杯だったのに」

ヨハンは驚いて、ヒルデを見つめた。

「何百人も乗ってたんだろ？　助かった人は？」

「助かる？」

ヒルデは聞き返した。

「何千人も乗ってたのよ。助かったのはせいぜい五分の一。それ以外は絶望でしょう。今のバルト海の水温を考えてごらんなさい。せめてもの慰めは、彼らが即死だったこと」

13

1945年2月

中旬に最初の雪解けの陽気が訪れた。つららから、滴（しずく）がしたたり落ちる。しかし、二、三日すると、また凍てつくような寒気が戻ってきた。街道も小路も凍りついて鏡のようだ。ヨハンは、小さなひっかかりでも無いよりはましだろうと、滑り止めの鋲がついたベルトを靴にしばりつけた。

ドイツの前線は鏡面を滑るように後退していった。各国軍がドイツに押し寄せていた。戦闘はすでにポンメルン〔現在のポモージェ。ポーランド北西部からドイツ北東部にかけて広がる地域〕にまで及んでいた。オーバーシレジア地方〔現在のポーランド南西部〕はとっくにロシアの戦車に呑み込まれ、ブレスラウ〔現在のヴロツワフ〕は包囲された。難民が東から大群となって押し寄せてきた。シレジア人、ポンメルン人、東プロイセン人、バルト人、そしてヴァルテガウからはドイツ人。ブダペストは陥落。ドイツの大都市は激しい空襲に見舞われた。そして、ドレスデンは一塊の大きな灰燼と成り果てた。

事態は悪化の途をたどった。

それでもヴォルフェンタンは、ベルリンやケーニヒスベルク〔現在のカリーニングラード〕から遠く離れている。ウィーンやグラーツ、トリアーや西の国境ケールもはるか向こうだ。ヨハンは、ドイツの領土が最大だった時の地図を思い浮かべた。それは一九三九年の春から夏にかけてだった。ヴォルフェンタンは今でもドイツ国内の奥深くに位置している。さすがの敵も、ここまでは入り込めないだろう。みんなそう思っている。すべてはまだ、遠いところのできごとだ。パッタースキルヒェン、シャットニー、オード、ベルングラーベン、ディッキヒト、モーレン、ブリュンネル。この七つの村とは関係のないことだ。そう。世界の心臓部、ブリュンネルにはけっして戦争はやってこない。


ヒルデ・ベランは、ヨハンが出勤してくるなり憂鬱そうに言った。

「黒いのが一通来てる」

二人は手紙の上にかがみこんだ。ヘルムートの姉、ギゼラ・シュモック宛てだ。〈二つの泉〉の主人の娘で、去年の夏にコンラートと結婚した。夫は結婚式のために二週間の休暇を取って帰ってきた。そして今、ギゼラは臨月だ。

「そろそろ九ヶ月よ」

ヒルデはため息をついた。

「こんな時に届けていいものかしら? それにコンラートのお母さんだって、もう長くないと聞いてる。神父さまが呼ばれたというし」

ヨハンは気遣わしそうにヒルデを見た。

「何を考えてるか、わかってるよ」

ヒルデはヨハンの視線を避けた。

「私たちは、きちんと郵便を配達する義務がある。でも今みたいな時代、規則を少しゆるくしてもいいと思うの」

そのとおりだ。ヨハンは思った。

ヒルデは続けた。

「一週間や二週間はたいした違いじゃない。シュモックについては、ちょっと様子を見ましょう。私は墓石のように口をつぐんでるつもり」

ヨハンはうなずいた。正しい対処だ。彼は黒い手紙を、上着の内ポケットに押し込んだ。


路面が凍りつく日々もあった。ヨハンは何度もころんだ。最初はブリュンネルとペッタースキルヒェンのあいだの路上。二度目は〈山の精〉のヴェラから手紙を受け取ろうとした時に玄関前の石段で、そして三度目はルールから来た子どもたちのバラック教室の前だった。まずいことに、ヨハンはその時とっさに腕の傷口で身体を支えてしまった。激痛が襲った。歯を食いしばった。傷口から血がしたたり落ちた。血はしばらく止まらなかった。

ヨハンは制服の上着やズボン、それに手紙を汚さないかと気になった。教室のバラックにはきっと、包帯などの救急用品があるはずだ。

ヨハンは、廊下の最初のドアをノックした。ドアの向こうから、子どもたちの声が聞こえる。若い女性教師、ウテ・フォン・コンラディがドアを開けた。

ヨハンを見ると、彼女は黒板を指さして子どもたちに言った。

「書き写してなさい。すぐに戻るから」

ウテは、ヨハンを教員室と事務室を兼ねた部屋へ通し、椅子にかけるように言った。そしてヨハンの上着の袖をまくりあげると、綿パッドで血を拭きとった。

「一年前の私は、こんなことできなかったのよ」

彼女は言った。

「血を見たら気を失ってた。血のことを考えただけで気持ちが悪くなっていたのよ！　今まで生きてきた半分以上、十二年も学校にいるけれど、特にこの一年は多くのことを学んだ。子どもたち七十一人に対する責任を持つようになってから。本当よ」

彼女はまだ若かった。なのに、どこか老成したところがあった。プロイセンの女性はそうなのかもしれないと、ヨハンは思った。

ウテは、教科書通りに傷の手当をしてくれた。彼女は、大学入学資格試験（アビトゥーア）の少し前に赤十字の訓練を受けたと言った。

「今は、そんな私が赤十字の訓練で教える側になってる」

彼女は言った。

「もうベテランよ。この二ヶ月はホームシックにもかかってないわ」

包帯はまぶしいほど真っ白だった。ヨハンは手首カバーをその上まで引っ張りあげ、礼を言って立ち上がった。隣の部屋からは子どもたちの声が聞こえる。

ドアへ向かおうとした時、ウテが言った。

「それで、郵便は?」

ヨハンは、しまったというように首を振った。忘れていったいどうする? 子どもたちに八通、ウテ宛てに一通。それは軍事郵便ではなく、差出人はシュヴェルテ近くヴェストハイデのエリーザベト・フォン・コンラディだった。

ヨハンはウテに手紙の束を渡した。ところが、ウテは一番上の手紙だけ手に取ったので、あとは板張りの床にパラパラと落ちてしまった。ヨハンが手紙を拾い集めているあいだ、ウテは急いで封筒を開けて読んだ。ヨハンはゆっくり時間をかけた。

ヨハンが立ち上がってウテを見ると、彼女の視線は宙を泳いでいた。

「お父さまが」

彼女は言った。

「私のお父さまが」

そこまで言うと、涙があふれた。ウテは支えを探った。ヨハンは彼女に腕を回し、優しく抱えるようにして椅子に座らせた。ウテはテーブルの上で手を組み合わせ、その上に頭を落とすと絶望したように泣き始めた。

ヨハンはコップを探した。水道の蛇口を見つけると、水を注いでウテに渡した。

それから廊下に出て、あたりを窺った。もうひとりの教師はどこだろう？ すると廊下の向こうから、声が聞こえてきた。

来てもらって、何があったのか簡単に伝えた。そしてウテの力になってやってほしいと言った。

「そのあいだ、子どもたちをどうしましょう？」

困ったように、年配の先生は言った。

「僕がついています」

ヨハンは申し出た。

「三十分はいられます。それまでにはフォン・コンラディ先生も落ち着きを取り戻すでしょう」

ヨハンは、その先生のクラスの生徒を、ウテの教室へ連れていった。騒がしかった子どもたちが、しーんと静かになった。それにしてもいったい、なんという光景だろう？ 先生はいなくなり、教壇に郵便配達人が立っている！

A組とB組の子どもたちが入り乱れて、ぎっしりと長椅子に座っている。席のない子どもたちは、あぐらをかいて床に直接腰をおろした。そばにはストーブが暖かく燃えている。ヨハンは郵便カバンから手紙を取り出した。正しく宛名書きされた手紙、そうでない手紙、郵便切手などを見せた。教卓のそばに窓口係のヒルデ・ベラン役の女の子を座らせ、男の子には客の役を演じさせた。ベルリンのアダム・クローゼさんに手紙を出しにきたという設定だ。ヨハンは、コンラディ先生が赤く泣きはらした目をして戻ってくるまでの三十分間、人生に役立つことを子どもたちに教えたというわけだ。

「ウテはお父さんっ子だったの」

年配の教師はしゃくりあげ、鼻をかみながら言った。

「思ってもみなかったのね。今は炊事係のおばさんがついていてくれてるわ」

しかし、彼女は非難がましい調子でため息をついた。

「これから私の仕事が増えるわ。こんなことなら……」

ヨハンはそれ以上は聞かずに、教室を出た。

「また来てね、ハネス!」

後ろから、小さな女の子が声をかけた。

もう十一時半だ。ヨハンは、あちこち大急ぎで配達をこなし、ようやくベルングラーベンに着いた。今日も教授に本が一冊来ている。他の手紙もたくさんあった。

一通は刑務所の息子から母親に宛てた手紙だった。母親はちょうど、「ほらほら!」と言いながら鶏に餌をやっているところだった。大急ぎで餌カゴをそばに置くと、手紙を奪い取るようにして目を走らせた。そして喜びのあまり度を失った。

「ああ、カーリ、カーリ！」

彼女はむせび泣いた。

「なんていい子なんでしょう！」

ヨハンは驚いた顔をした。

「ヨハン、あんたが考えてることはわかってる」

彼女は言った。

「でも新聞が書いてることは、まるっきり話が違うのよ」

ああ、母親はみんなそう言う。ヨハンは思った。

彼女は声に出して手紙を読んだ。

「もしかしたら、ママが思っているよりも早く家に帰れるかもしれない。僕は昔と変わらないよ。ママのカーリより」

「戦争が終わるのを待っているんだね」

ヨハンは言った。

別れぎわ、カーリの母親は鶏小屋の巣から取ってきた卵を一個、ヨハンに手渡した。まだ温かった。

ヨハンは卵をそっと胸のポケットに入れた。ディッキヒトへ向かう道中、すすろう。

こんなふうに、配達先の人々がヨハンを飢えさせることはけっしてなかった。

ヨハンはひとり、ディッキヒトへ向かう道を進んだ。子どもたちの賑やかな声を聞きたい。子どもたちの質問攻めには辟易することもある。彼らの好奇心に対応するのは実に疲れる。でも今日のような日は、質問攻めに遭うほうがいい。陰鬱な気持ちをまぎらわすことができるからだ。

ヨハンは今日、知らずに黒い手紙を配達してしまった。そして二通目も胸のポケットにはいっている。

ああ、ベッドに身を投げ出して眠れたら！　そして、戦争がもう遠い記憶になった頃に目覚めたい。すべてが過ぎ去り、〈三つの泉〉のギゼラがとっくにおばあさんになった頃に！

丸顔でリンゴのように赤い頰をしたギゼラ本人が、ドアを開けた。ディッキヒトの女たちはみんな、こんな感じだ。彼女のはちきれそうなお腹を見て、ヨハンは一歩後ずさりをした。ギゼラはにっこり笑って言った。その言葉を聞いて、ヨハンは息をのんだ。

「ハネス、私に手紙は？」

ヨハンは、首を横に振った。

「でもお父さん宛てに一通来てます」

彼女は手紙を受け取った。

「順調ですか?」

ヨハンはたずねた。

「双子みたいですね……」

「コンラートがきっと喜ぶわ」

彼女は笑って言った。

「子どもが大好きなの」

大好きだった、だろ? もう過去形なんだ。ヨハンは大きく息を吸い込んだ。

「なんで私のことをじっと見てるの?」

ギゼラは不思議そうにたずねた。

ヨハンは話をそらした。

「コンラートのお母さんの具合は?」

ギゼラの子どものような表情が曇った。

「今日明日にも、というところ。口に出すのは息子のことだけ」

先を急ごう。ヨハンは慌ただしく次の家へ向かった。

道を横切ろうとした時、ギゼラの母親が納屋から走り出てきてヨハンを呼び止めた。

彼女は小声で言った。

「今こそあなたのお母さんが必要なのに」

「あれから、ここへはモーレンの助産師が来てくれているんじゃないですか？」

ヨハンは不思議そうにたずねた。

「いい助産師だと聞いてますが」

「そう、いい人よ」

彼女はささやくように言った。

「でも、ここ何日か留守なの。ケーニヒグレッツの妹さんのところへ行ってる。戦況が落ち着くまで、ずっとそこにいるっていうのよ。つまり、当分のあいだ助産師がいないってこと」

「局に戻ったらヒルデ・ベランに相談してみます」

ヨハンは約束した。

「もしかすると、新しく来た人や難民の中に助産師がいるかもしれません」

「お願いね」

ギゼラの母は、目にいっぱい涙をためていた。


女、子ども、老人と病人を満載したバスが次々とヴォルフェンタンの村々へやってきた。彼らもドイツ人には違いない。ただ、東方ドイツ人だ。東プロイセン、西プロイセン、ポンメルン、シレジア、バルトの住民は、所詮よそ者だ。配達する手紙の宛先には、新しい名前が増えた。ヨハンの知らない人たちだ。

ヨハンは落葉した森の道を進んだ。そして、時おり草の上に寝転んでは、古い大木のあいだの空を見上げたり、山の峰を眺めて目を瞬かせたりした。

カーブを曲がったところで、向こうから女性が歩いてくるのが見えた。首の後ろで髪を結んでいる。赤みがかった金色の巻き毛が、森の沈んだ色の中で輝いている。オーバードルフのハンナはキーゼヴェッター夫人の家事を手伝っているミーナ・ルクスの娘だ。すらりとした彼女は、男の側の好みからすると少し背が高すぎる。唇はぽってりと赤い。ヨハンが卒業した時、一学年下のハンナはまだお下げ髪だった。生真面で子どもっぽい子だった。もう十六歳ぐらいのはずだ。午前中はペッタースキルヒェンの幼稚園を手伝い、午後はシェーヴェルさんの農場で働いている。

ハンナは立ち止まって、ヨハンに笑いかけた。

「やあ、ハンナ!」

ヨハンは軽く声をかけた。

「森林官の官舎へ行くの?」

ハンナはうなずくと、買い物カゴを見せた。

彼女は恋人がいるのだろうか? そういえばハンナが休暇中の男と一緒にいるのは見たことがない。

彼女宛ての手紙を届けた覚えもない。

ハンナは物思わしげにヨハンを見た。

「ハネス」

ハンナは真剣な顔で聞いた。ドキドキしている様子がわかった。

「恋ってどんなもの？　あなたなら知ってるわね？」

ヨハンは用心深く答えた。

「場合によるね」

すると彼女は言った。

「私、初めて好きになった人がいるの。でも、告白すべきか迷ってる。わからないの。口にしたら、もう終わりになるような気がして。そんなことを考え出したらもう頭がいっぱいで……」

彼女はうつむくと、黙った。

「それで？」

ヨハンは待ちきれなくて聞いた。

ハンナは肩をすくめて、頭をそらした。そして言った。

「聞いてくれてありがとう。ハネス。このことは内緒にしていてね。いい？」

ヨハンは不思議そうに彼女を見送った。好きな人とは誰のことだろう？　男はみんな前線に行ってしまってるのに。

そんなことを考えながら、ヨハンは足を進めた。街道との交差点まで来た。道の両側にはまだ雪がうず高く積み上げられている。午後の定期バスが、苦労しながら坂を登ってきた。ヨハンはバスをやり過ごした。バスが去ったあと、排気ガスの黒い煙の中にすっぽり包まれた。

さて、あとはキーゼヴェッターさんのところだけだ。日課とはいいえ、気が重い。今日も彼女は犬が吠えだすとすぐに、庭木戸までやってきて、嬉しそうに「オットー！　オットー！」と呼ぶだろう。そしてヨハンが行こうとすると、「ああオットー！　行かなくちゃならないの？」と言うのだ。

ヨハンは、無邪気にもオットーにしゃべったことが父親を死に至らしめてしまった、あのクラスメートのことを考えた。悔しさと憎しみに震えながら、オットーを殺したいと思った人はほかに何人もいることだろう。でもそのオットーも今はいない。ヨハンは真っ白な風景を見つめた。ナイフや斧、鉄棒や武器を振りかざしながら、同じ目標に向かってくる男たちの姿が目に浮かぶ。目指すのは、モーレンとブリュンネルのあいだにあるこの森林官官舎だ。

やがて、遠くからかすかに鈍い轟音や大砲の音が伝わってくるようになった。東部戦線だ。音は休みなく聞こえてきた。時には、何時間も続いた。しかし、このことを人々に話すのはやめよう。今まで十分、悪い知らせを届けてきた。こんな恐ろしいことまで知らせたくない。これが何の音なのか、エーリヒやアントンが説明してくれればいい。

ところが、結局ヨハンがそれを知らせることになってしまった。近所に住む、つい数日前に十六歳になったばかりのカール・バンネルトはこの冬、国民突撃隊にいる友人から対戦車砲の扱い方を教えてもらった。彼は、早く戦争に行きたくてたまらなかった。遅れをとりたくない一心だった。夕方、帰宅して家の鍵を開けようとしていたヨハンは、カールから質問攻めにあった。

「ハネス、本当のことを言って。東のほうから聞こえる音は大砲なの？」

ヨハンはうなずくよりほかなかった。びっくりした目でこちらを見ている少年の前で嘘をつくことはできなかった。

しかし、カールの反応は気味が悪いくらい非現実的だった。感動したカールは目を輝かせた。

「やった！　ハネス！　僕もやっと参加できるんだ！」

カールは母親に伝えるために、うれしそうに家へ駆け込んでいった。


今日は誕生日だ。でも、祝ってくれる母はもういない。レックフェルト夫妻も、ヨハンの誕生日をたずねることはなかった。ヨハン自身も、夜になって初めて、自分が十八歳になったことに気づいた。母は誕生日にはいつも、ケーキを焼いてなにか身につけるものをプレゼントしてくれた。下着やソックス、パジャマなどだ。ヨハンはそんな思い出を追いやるようにして、夕食後すぐにベッドに倒れ込んだ。

14

1945年3月

日が長くなり、春めいてきた。雪解けの山腹にはスノードロップが咲き始めた。

前線から大砲の音が聞こえてくるという噂は、あっという間に広がった。時おり、遠くを見ながら耳に手をあてている子どもたちを見かけるようになった。そうすれば、大砲の音がもっとはっきりと聞こえるからだ。

学校も数日前から閉鎖されている。戦争が本当に近づいていることを示す、最初のはっきりしたサインだった。

でも、ルール地方から来た子どもたちのバラックからは、あいかわらず賑やかな声が聞こえている。ここの子どもたちを故郷へ戻すことはできなかった。学校は続けなくてはならない。

配達の途中、ヨハンの頭から離れないのは、どうしても助産師が見つからないことだ。さすがのヒルデ・ベランも、お手上げだった。ほうぼうに電話をして、頼みこんだり訴えたりしたが、だめだった。もしシュモック家のお産でなにか問題が起きたら、あとはもう祈るしかない。

胸のポケットにしまいこんだ未配達のあの手紙が、ずっしりと重く感じられた。

三月の第一日曜の夕飯時だった。ヨハンはジャガイモを茹で、アサツキ入りのクヴァルク[29]を混ぜていた。その時、ドアをノックする音が聞こえた。

ドアを開けると、目の前にヒムリッシュ・ハークの郵便配達人、ゲオルク・シュトルが立っていた。

「ここへは一度、来たことがあるんだ」

驚きを隠せないでいるうちに、ゲオルクは続けた。

「君のお母さんの葬式にね」

ヨハンは、ゲオルクを居間へ通した。そして言った。

「食事をしていかない？　大歓迎だよ」

ゲオルクは喜んで申し出を受けた。そして、ジャガイモの皮を剝いてくれた。ヨハンは右手でクヴァルクをすくうと、ゲオルクの皿にのせた。また国民突撃隊のことが話題になった。ゲオルクは、ヒムリッシュ・ハークの南方で戦車壕を掘る仕事をしていた。

「あまりにもバカバカしくて最初の日に逃げ出した」

彼は言った。

「一週間前のことだ。今頃、村をあげて僕を探してるだろう。戦争が終わる前に見つかってしまうかもしれない。そうすれば銃殺刑だろう。でも、こんな馬鹿げたことはもうたくさんだ」

「ここにいてよ。戦争が終わるまでかくまうから」

ヨハンは言った。

「今日はそのために来たんじゃない」

ゲオルクは言った。

「別れを言いに来たんだ。あらゆる場合に備えてのことだ。これから何があるかわからない。君が死ぬかもしれないし、僕が死ぬかもしれない。どこで何が起こるかわからない。でも、きちんと暇乞いさえしておけば、死ぬのも気が楽ってもんだ」

「来てくれて嬉しいよ。だからお別れだなんて言わないで」

ヨハンはそう言って、クヴァルクをかきまぜた。

「僕らは大丈夫だ。僕は手のない傷病者だし、ゲオルクはもう歳だ」

「呑気なこと言ってるな」

ゲオルクは言った。

「約束通り、戦争が終わったらヒムリッシュ・ハークの教会裏の白樺林で会えたら嬉しいがね」

「前にも聞いたけど、どうしてあの白樺林なの?」

ヨハンはたずねた。

「このあいだは答えてくれなかった。教えてよ」

ゲオルクは、微笑んだ。

「君はそこで、できたんだよ」

ヨハンは呆然とした。そして、たずねた。

「どうして知ってるの？」

「それが僕だったからだよ」

ヨハンは、ぽかんと口をあけたまま彼を見た。

「手遅れになる前に、君も知っておいたほうがいいと思ったのさ。つまり、僕が君の父親だということを」

ゲオルクは言った。

「じゃ、なぜ母さんと結婚しなか……」

「それを説明するのは難しい」

ゲオルクはヨハンをさえぎった。

「彼女が望まなかったんだ。子どものためにと渡そうとした金さえ、受け取らなかった。私は子どもが欲しかっただけ。そのためにあなたを利用したのだからと。子どもを育てるのは自分ひとりの仕事だと言ったんだ。あの人のことは君もわかっていると思う。こうと決めたことは何がなんでもやり抜く。自分を通す人だったと」

「確かに」

ヨハンは言った。

「母さんといると、呑み込まれないよう注意しなくちゃならなかったよ」

その時、またドアをノックする音が聞こえた。父と息子は口を動かすのをやめ、顔を見合わせた。

「誰も来るはずがないんだけど」

ヨハンは訝しげにそう言うと、ドアを開けにいった。ゲオルクもあとに続いた。

蹄鉄の飾りの下に、ヨハンと同い年ぐらいの娘が立っていた。リュックサックを背負い、夏用の薄いコートを着ている。履きつぶした山靴は埃だらけだ。黒いまっすぐな髪を、ピンで上にまとめている。

ヨハンはゲオルクから聞いた話のせいで、まだ気が動転していた。彼女がなにか言っても上の空だった。今の望みはただひとつ、父と二人きりでいたい、それだけだった。

「イルメラ・ファイトといいます。リンツから来ました」

彼女は言った。

「最後に働いていたリンツを出て、一週間になります。両親のいるパーペンブルクまで行くつもりなんです。あなたがこの家のご主人ですか？……あの、一晩泊めていただけないでしょうか」

「悪いけど」

ヨハンが切り出そうとすると、彼女はさえぎった。

「床の上で寝てもいいんです。いえ、納屋でも屋根裏でも」

「入れてあげなさい」

ヨハンの後ろから、ゲオルクが小声でささやいた。

「女性を戸口で追い返すもんじゃない。それもこんなに……」

ヨハンはためらった。父に聞きたいことはまだ山ほどあるのだ。それなのに邪魔が入った。普段ならかまわない。でも今日だけは勘弁してほしい。

「君には思いやりってのがないのかい?」

ゲオルクが耳打ちした。

「どうぞ」

ヨハンは折れた。そして、絞りだすような声で言った。

「僕の部屋を使ってください。僕は暖炉前の長椅子に寝ますから」

娘は礼を言って、薄暗い玄関に足を踏み入れた。


「さて、これで今夜は退屈しないね」

ゲオルクは小声で言った。

「うまくやるんだよ。おいしい夕食をありがとう」

ゲオルクはヨハンを抱きしめた。短いが、強い抱擁だった。

「ゲオ……いや、父さん。ここにいてよ」

ヨハンは言った。

しかし、ゲオルクは出ていった。姿はすぐ夕闇の中に消えてしまったが、声だけが聞こえてきた。

「ヒムリッシュ・ハークの白樺林で再会したら、残りの質問にみんな答えてあげるよ！」

「いつ？　はっきり言って！」

ヨハンは大声で言った。

「戦争が終わって、月が……」

最後は聞こえなかった。

父さん……なんと耳慣れない言葉だろう！

なのに、よりにもよって今夜、この娘が僕らの邪魔をしてくれた。


イルメラはとてもお腹を空かせていた。ヨハンがベッドを整えているあいだ、むさぼるように残りのジャガイモを食べた。

ヨハンは居間に戻ると、不機嫌そうに言った。

「ベッドは用意できてますから」

「この家には女の人はいないの？」

驚いてイルメラは言った。

「僕はひとりで暮らしてます」

ヨハンは答えた。

「そういうことなんで、もしよそに泊まったほうがいいと思うなら僕は止めませんよ」

イルメラは笑って、あらためてここに泊めてほしいと言った。コンロにかけたお湯がわき、汚れた食器を洗おうとヨハンが立ち上がると、イルメラは彼をわきに押しのけた。

「フラウ、フロイライン。[30] どちらですか？」

「フロイラインよ」

イルメラは答えると、からかうような目でヨハンを見た。

「戦争が終わったら、こんな言葉はもう死滅してほしいわね。これって男のための言葉だもの」

驚いた。今まで、こんなものの言い方をしたのは母だけだ。

彼女は濡れた手を髪に突っ込みながら言った。

「ああ、もう！　早く平和が来ないかしら。そしたら、きっといろんなことが変わるはず」

「でもまずは戦争を乗り越えなくちゃならない」

ヨハンは言った。

「もう乗り越えてるじゃない」

イルメラは明るい声で言うと、ヨハンの手の傷跡を指さした。

やがて二人は、互いの身の上を語り始めた。ヨハンが傷のことやヴォルフェンタンでの郵便配達の仕事、亡くなった母のことなどを話すあいだ、イルメラはじっと耳を傾けていた。ヨハンは今まで、自分のことをこんなに詳しく話したことはなかった。

「あなたのお母さん、助産師だったの?」

イルメラは驚いて言った。

「私もよ! 半年前に専門学校を卒業したあと、リンツの病院で働いていたの」

ヨハンは耳をそばだてた。まさに、探していた助産師が舞い降りてきたのだ!

「こんな仕事をしていると、ものごとを批判的に見るようになるの」

イルメラは肩をすくめて言った。

「神経質な人には向かない。両手が血だらけになるし。でもね、それは生命の血なの。私、もう何人も赤ちゃんを産ませたわ」

そして少し声をひそめて言った。

「いままで、うまくいかなかったのは三人だけ」

ヨハンは考えた。イルメラは明朝、ディッキヒトのギゼラ・シュモックのところへ一緒に行ってくれるだろうか?

彼女は、引き受けてくれた。

両親のところへ戻るのは、一日や二日遅れてもかまわない、人の命がかかっているのだからと言った。ただ、心配は朝早く起きられるかどうかだった。彼女は一日中歩き通しで、くたくたに疲れていた。

ヨハンは、イルメラを起こす約束をした。

一晩中、雨が降っていた。しかし夜明け頃に空は晴れた。

ヨハンは壁をノックした。イルメラは、大きなカップ一杯の山羊のミルクを豪快に飲み干した。独特の匂いがある山羊のミルクは、誰でも飲めるわけではない。特に都会の人間は苦手だった。ヨハンは、来るものを受け入れ、そこで最良の判断をするイルメラが気に入った。

六時過ぎ、二人は家を出た。ヨハンは郵便カバンを肩からかけていた。

外はまだ冷たい空気に支配されていた。あらゆるものから滴（しずく）がしたたり落ち、キラキラ輝いていた。まるで真珠のようだ。ちょうど顔を出したばかりの太陽の光が、風景に輝きを与えていた。

イルメラは、眼下の谷や尾根の向こうに広がる家々を眺めながら、両手を広げて言った。

「なんて気持ちのいい朝！　戦争中じゃなかったら、夏休みを過ごしている気分！」

二人はショッター通りからはずれて、近道の小道に曲がった。森は、花々の蕾と春のざわめきでいっぱいだった。

「あそこで鳴いてる鳥、知ってる？」

イルメラが聞いた。

「ナイチンゲールじゃないよ。あれは教科書の詩に出てくるだけなんだから」

ヨハンが答えると、イルメラは笑いながら言った。

「春の気分になるには、ナイチンゲールじゃなくてもいい。クロウタドリで十分よ」


「ギゼラのお産を引き受けてくれる助産師さんを見つけたよ！」

郵便局に着くやいなや、ヨハンはヒルデに言った。

「この人！　一緒に来てくれるって」

「天からの贈り物ね！」

ヒルデは喜んで、イルメラを抱きしめた。


ディッキヒトへの道は、曲がりくねった坂道だ。二人が森を抜けると、畑ではヒバリが歌い、森のはずれのハシバミの茂みではカケスが笑うように鳴いていた。陽の光が降り注いでいる。三月にしては暖かい、五月を思わせるような陽気だ。

ヨハンは前を指さして言った。

「ほら、君を待ってる」

数人の子どもたちが歓声をあげながら、走ってきた。

「ハネス、それ誰？」

「助産師さんだよ！」

ヨハンは大声で言った。

ギゼラの母がドアを開けた。

「助産師さんですって？　助かった！　ちょうど今なのよ！」

彼女はイルメラがお産を家に引きずりこんだ。待ちに待った助産師が来たのだ。イルメラがお産を手伝っているあいだ、ヨハンは玄関横のベンチで待っていた。ギゼラの母がスープを持ってきてくれたが、ヨハンは礼を言って断った。

そこへ、ゆっくりした足どりで分厚いメガネのヘルムートがやってきた。

「さて、と。賭けしない？」

ヘルムートは、ヨハンに耳打ちをした。

「コンラートは、もう生きてないと思うよ」

ヨハンはぎくりとして、怒ったように言った。

「何を根拠に、そんなことを言う？」

「ただ、賭けをしないかと聞いてるだけだよ」

ヘルムートは言った。

「ね、どう思う？」

ヨハンは、ヘルムートの分厚いメガネの中を睨みつけると、とがめるように言った。

「そんなことを考えるのはやめろ」

「へえ、いつもはそんなこと言わないよね」

ヘルムートは意地悪そうに言った。

「なにか知ってるように見えるんだけど」

「いいから、外で遊んでおいで」

ヨハンはそう言って、ヘルムートに背を向けた。

「大人は困ると、いつもそう言う」

ヘルムートは言い返した。

しばらくして、ヘルムートはまたヨハンに耳打ちしに来た。

「もうひとつ、賭けない？　二人のうちどっちかは、頭がイカれてると思う」

「二人のうち一人って？　誰のことを言ってる？」

「生まれてくる双子だよ」

ヨハンは驚いた。

「どうして双子だとわかる？　まだ生まれてもいないのに」

「ギゼラのお腹の中で、二つの心臓の音が聞こえたんだ」

ヘルムートは答えた。

「ぼく、はっきり聞いたもの」

十五分後、赤ん坊の産声が中庭にまで聞こえてきた。続いて、二人目の産声も聞こえた。

帰り道、ヨハンとイルメラはプールとサッカー場のそばを通りかかった。イルメラは、力強く枝を伸ばした柳の木を見て感嘆した。ヨハンは、イルメラの髪に留まった青いトンボに目を奪われ、トンボをそっと髪から取り去った。しばらくのあいだ、二人はラウリッツ川の川岸に立っていた。

「水が流れていくのって、何時間でも見ていられる」

イルメラは言った。

「お産がうまくいくと、いつも幸せな気持ちになるの」

彼女は笑った。

「助産師はすばらしい仕事よ。生命に関われるから」

「母も同じことを言ってた」

ヨハンは言った。

「お母さんの時代より、私は幸せよ」

イルメラはヨハンの手を握って言った。

「これからはいい時代が来る。私が取りあげた男の子たちは、もうけっして戦争に行かなくてすむ。戦争を経験した世代がそうしなくちゃ。その人たちが生きているかぎり——」

ヨハンは首を横に振った。

「先の戦争からちょうど二十年と数ヶ月しかたってない。人間は歴史から何も学んでない。人類が自滅するまで、そう時間はかからないかもしれない」

「あら、ペシミストなのね」

イルメラは言った。

彼女のように生きる喜びに満ち、有能で快活な娘を見ていると、歴史から学ぼうとしない人類とはなんと愚かな存在なのだろうとヨハンは思った。彼女の前向きな姿勢が伝染したのだろうか。突然、心が軽くなった。ヨハンはイルメラに笑いかけた。

モーレンの周辺ではカエルがうようよしていた。沼の水面は絶え間なく波立ち、気泡が上がり、バチャバチャ音をたてたり水しぶきが上がっていた。卵塊が漂っている。

二人は夢中になって話しながら、橋を渡り、上り坂へ続く道にさしかかった。

「あなたは毎日、こんなに長い道のりを歩いているのね。歳を取る暇も、太る暇もないわね」

イルメラはいたずらっぽく笑った。

滝までずっと、タンポポがびっしりと生えていた。

ヨハンとイルメラは滝まで来ると、手を取り合った。さらに坂道を登り、しっかりと互いの腕を身体に巻きつけた。森が終わったところに広がる牧場から、広くモーレンの谷が見渡せた。彼らは足を止めた。暖かい午後の光の中で、二人は膝をつくとタンポポの絨毯の上に身体を投げ出した。

「イルメラ」

幸せでいっぱいになり、ヨハンは叫んだ。

「ここにいて！　僕のところにずっと」

「強く抱きしめて」

イルメラはささやいた。


突然、犬の吠え声が聞こえた。いま自分がどこにいるのか、思い出すまでしばらく時間がかかった。吠えながら、テルが走ってきた。ヨハンがとっさに郵便カバンを投げつけると、テルは悲しげな鳴き声をあげた。

イルメラは笑った。

「郵便配達人はそうやって防戦するのね」

イルメラはテルを呼び寄せると、そっとなでた。テルはイルメラの手を舐めた。

「じきに、女の人の声が聞こえてくるよ。ヨハン！　ヨハン！　ってさ」

ため息混じりにヨハンは言った。

「ガールフレンド？」

イルメラはたずねた。

「はっきり言って。私、平気だから」

「物忘れのひどいおばあさんさ」

ヨハンは説明した。

「毎日、孫のオットーからの手紙を待ってるんだ。彼はとっくに死んでるんだけど、毎日そのことを忘れる。だから僕は毎日ここを通るたびに、オットーは死んだと言わなくちゃいけないんだ」

「戦争はここへもやってきたのね」

そう言って、イルメラは起き上がった。ヨハンは彼女の背中を見つめた。タンポポの蜜が、白い縞模様になっている。

すると、ヨハンの顔を見たイルメラが笑った。

「あ、シマウマみたいになってる！」

「君だってそうだよ」

ヨハンは言った。

「君も僕もタンポポの蜜でべとべとだ。くっついてしまわないように気をつけなきゃ」

「ああ、ハネス！」

彼女は言って、彼に抱きついた。

「縞模様の恋人ができるなんて夢にも思わなかった。もっと早くにそう願わなかったから、出会うのがこんなに遅くなっちゃったのね」

そう言いながら、彼女はヨハンの背中の縞を舐めた。

「苦い！」

イルメラは顔をしかめた。

「味見しちゃおうかな」

ヨハンはささやくと、イルメラにキスをした。

「ヨハン、ヨハン!」

牧場の向こうから声が聞こえてきた。


森林官の官舎に近づくと、イルメラは立ち止まり、うやうやしく三本のマロニエの木を見上げた。

「なんてきれいなんでしょう! こんな大きな古木が……」

老女はすでに庭木戸のそばに立って、手を振っていた。

「ヨハン、オットーから手紙は?」

「キーゼヴェッターさん、ありません。もしかしたら明日は来るかもしれません」

顔から嬉しげな表情が消えた。

「もう長いこと、手紙が来てないのよ。なにかあったのかしら」

彼女はイルメラのほうを向いて言った。

「あなたのお嫁さん?」

ヨハンはイルメラに腕を回して言った。

「そうです」

すると彼女は両手を打って、大声で言った。

「まあ、おめでとう！　やっとね！　義理の娘ができるのをどんなに待っていたか。なんてことでしょう！　さあ、いらっしゃい！」

キーゼヴェッターさんはおどけたように微笑むと、こう付け加えた。

「五月の愛は幸せをもたらすのよ！」

「今はまだ三月ですが」

ヨハンは言った。

「五月みたいに暖かい日ですね」

イルメラは笑いながら、老女と抱き合った。

「さあ、お茶にしましょう！」

キーゼヴェッターさんは言った。

「お祝いしなくちゃ！」

15

1945年3月

イルメラはそれから二週間、ブリュンネルに留まった。日を追うごとにお産に呼ばれることが増えていった。彼女はこの地域で、ただひとりの助産師だった。仕事はたいてい、食事と引き換えだった。ヨハンにとっては、夢の中のような時間だった。今までこんな幸せを感じたことはなかった。夜にしか顔を合わせられない日もあったが、二人は帰るなり駆け寄り、抱き合った。引き裂かれるのを恐れるかのようだった。ヨハンは戦時中であることをすっかり忘れた。

また日曜がめぐってきた。光り輝くような春の日だ。あたり一面に花が咲き、子どもたちの歓声が村じゅうに響いた。

そのほかの音も聞こえてきた。国民突撃隊に応召した男たちが、村の最前線となる家々の前に戦車壕を掘り、戦車止めを設営していた。子どもだましのような木製バリケードだ。突撃隊の年齢さえとうに越してしまった第一次大戦の退役軍人もいたが、彼らができることはせいぜい、杖を振り回してあちこち歩きまわったり、パイプを板に打ちつけて灰の掃除をするぐらいだった。国民突撃隊の男たちは、穴を掘り、木を切ったり鋸をかけたり、土固めをした。

ヨハンが通りかかると、彼らは言った。

「笑うなよ」

しかし、ヨハンは笑わなかった。ドイツ製であれロシア製であれ、近代的な戦車をそんなもので止められるはずはない。木製の戦車止めなど、気休めにすぎない。みんな命令のもとで働いているのだ。額を叩いて「バカバカしくてやってられない」と、工具を放り出して家に帰ることもできなかった。

まだ半人前の少年たちも参加していた。いまだに自分たちの汗や努力が実を結ぶと信じていたからだ。彼らは戦車止めの後ろから対戦車砲で敵を狙うつもりだった。

その気持ちもわかる。少年たちは、大群衆の前で我がアドルフ・ヒトラーに肩や頬を軽く叩かれたり、勇敢さや献身を讃えられることを夢見ていた。ヒトラーはこう言うのだ。

「君たちこそ真のドイツ青年だ！　この者たちが、ここペッタースキルヒュン、シャットニー、エードド、ベルングラーベン、ディッキヒト、モーレン、ブリュンネルをロシア軍から守ったのだ！　栄誉ある郷土防衛者よ！」と。

もしヨハンが汗水たらして仕事に励む彼らを嘲り笑いでもしたら、怒って飛びかかってきただろう。

ヨハンは敬意を表すべく、少しのあいだ彼らのそばに立っていた。そしてあたりを見回してから咳払いをし、雪の中に唾を吐いて言った。

「ご立派、ご立派」

そして、先を急いだ。

今日は日曜の朝、つまりイルメラがここへ来てから二度目の日曜日だ。ヨハンはゴム長靴を履いて、ブリュンネルの墓地へと通じる泥だらけの道を歩いていた。ちょうど一年前、母が埋葬された場所だ。ヨハンは墓地に寄ると、しばらく母の墓のそばに立っていた。今年最初のアネモネが咲いている。母を思い浮かべようとした。棺の中で眠る母ではなく、生きている母の姿を。

「恋をしてるんだ。僕は元気にやってるよ、母さん。左手以外は」

ヨハンは言った。

母は自分を「ママ」とも「ムッティ」とも呼ばせなかった。ヨハンにとって、彼女はいつも「母さん」だった。

「母さん、またね」

去り際に小声で言った。

墓地の鉄柵を手で探りながら、ゆっくりと門に向かっていく男がいた。蝶番(ちょうつがい)がさびついた門は、開け放たれたままだ。

「やあ、アントン」

ヨハンは声をかけて立ち止まった。

アントンは顔をあげ、ガラスの義眼でこちらを見た。

ヨハンはごくりと唾を呑み込んでから言った。

「僕だよ、ハネス・ポルトナー。手を引こうか?」

「いや、いいよ」

アントンは答えて、また手を探りながら歩き始めた。

「わからなくなっちゃうから。ひとりでベンチまで行きたいんだ。これからそこで人に会うつもりだし……」

彼はヨハンに腕を回すと、まだ信じられないというような面持ちで言った。

「びっくりしたよ。彼女に好きだって言われたんだ」

ヨハンは微笑んだ。自分も同じだ。人から愛される幸福を感じている。

「僕も嬉しいよ」

彼は言った。

「ねえ」

アントンは言った。

「気持ちを伝えるためには、まったく違うやり方があるってことがわかったんだ!」

アントンはヨハンを抱きしめると、額をヨハンの額に押し付けた。そして身体を離すと、あたりを見回した。

「さて困った。方向がわからなくなった」

彼は言った。

「ハネス、ベンチまで連れていってくれるかい？」

ヨハンはアントンの手を引いた。アントンが誰と会うことになっているのか、聞くまでもなかった。

「アネモネが咲き始めてるよ」

ヨハンは言った。

「アネモネ、持ってるのかい？」

アントンが小声で聞いた。

「僕にくれないか？　彼女にあげたい」

ヨハンは母の墓へ戻り、そばに咲いているアネモネを摘んだ。そして、花束にしてアントンに渡した。残りはイルメラのために持って帰った。


その数日後、あたり一面花盛りになった。モーレンの山の斜面はアネモネで埋め尽くされた。オードとベルングラーベンのあいだの南斜面もアネモネの絨毯だったが、一番みごとなのはシャットニーだった。斜面全体にびっしり咲いていた。ヨハンはこの上なく幸せだった。こんなに早く春がやってきたのは初めてだ。

体をぴったり寄せ合いながら、ヨハンとイルメラは森を抜けた。いつもキーゼヴェッターさんがヨハンを呼ぶ場所まで来た。

「キーゼヴェッターさん、すみません！　今日は郵便はありません」

ヨハンは言った。

「まあ！」

彼女はイルメラを見て言った。

「あなた、今日はなぜリュックサックを背負っているの？」

言われて初めてそれに気づいた。ヨハンは驚いた。

「いつ発とうかと、ずっと考えていたのよ」

イルメラは言った。

「戦争が終わるまで、ここにいるつもりじゃないのか？」

ヨハンはうろたえた。彼女はずっといるものだと思いこんでいたからだ。

イルメラは首を横に振った。

「両親はとても心配しているはずよ。私が生きているかどうかさえ、二人は知らない。とにかく、両親のところへ行かなくてはならないの。でもハネス、私はきっと戻ってくる。信じてちょうだい」

二人は黙ったまま、ヴェルンスタールへの分かれ道まで歩いた。ちょうどそこへ、ドイツ兵を満載したトラックがやってきた。兵士のひとりがイルメラに向かって手を振り、声をかけた。

「お嬢さん、乗っていかない？　一人分、席があるよ」

「ええ、お願い！　乗せてちょうだい」

イルメラは答えた。

兵士が拳で運転席の後ろの壁を叩くと、トラックは急ブレーキをかけた。イルメラに向かって、何本もの手が伸びてきて、彼女をとらえた。あっという間に、彼女はトラックの荷台に乗せられた。運転手はアクセルを踏んだ。エンジン音が響いた。

「イルメラ！」驚きのあまりヨハンは叫んだ。「イルメラ！」

ヨハンは呆然としたまま、道のわきに立っていた。イルメラがを荷台から乗り出して、ヨハンに向かって投げキスをするのが見えた。声が聞こえた。

「戦争が終わったら、きっと！」

ヨハンは、イルメラを乗せたトラックが見えなくなるまで立ち尽くしていた。エンジン音で気が遠くなった。その後、どうやって家まで帰ったのか、覚えていない。

16

1945年3月

ヨハンはまたひとりになった。気持ちはイルメラの傍らに残したままだ。無事に家に着いただろうか？　パーペンブルクの両親は無事だっただろうか？　ここへはいつ戻ってくるのだろう？　切に平和を願う理由が、またひとつ増えた。

とにかく、ようやく冬は終わった。暦の上でも春が来た。村では路上にネズミが走り回っている。オードからベルングラーベンへ下る崖では、最初に顔を出したクサリヘビが日向ぼっこをしていた。ヴォルフェンタンでは、そこらじゅうでスミレが咲き、クロウタドリが歌っていた。

ヨハンは大股で足を進めた。今日も先を急がなくてはならない。

シャットニーの手前で、いつものようにマリエラに会った。彼女宛ての手紙はない。マリエラは落胆を隠せない様子だったので、気になってヨハンは声をかけた。

「もうじき終わるよ」

ヨハンはマリエラを慰めようとした。

「何が終わるの？」

マリエラは窺うような目で、聞いた。

「戦争のことを言ってるの？　それなら違う。みんなが思っているようにはいかない」

また同じ繰り返しだ。

「私たちには総統がついているもの」

彼女は早口になった。自分の義務は希望的観測を広めることだと思っているのだろうか。ヒトラーを擁護しようとすると、マリエラはいつも早口になる。彼女はこんなことも言った。

「チャーチルやルーズベルトやスターリンにいったい何ができるというの？　我らが総統には神がついているのよ。いつ、奇跡の兵器を使うべきかを知ってる。私たちはヒトラー総統を信じなくてはいけないのよ」


マリエラは週に二度、時には日曜日にも、シャットニーの少女たちに歌を教えていた。勝利と死を讃え、「総統、私たちはあなたの命令につき従います！」と、服従を誓う歌ばかりだ。少女たちは村々を行進したり、ペッタースキルヒェンで行われる集会に参加するために山を下る時、そうした歌をうたった。この冬は、今まで以上に多くの集会が行われた。そこでは数々の旗やスローガンが掲げられ、少年少女たちは強い決意を誓うことになっていた。

ヨハンは、土曜の夕食の後はしばらくレックフェルト夫妻とくつろぐことにしている。日曜の午前中だって長く寝ていたい。かといって、集会に顔を出さないわけにもいかなかった。

冬でも雪の中を行進するシャットニーやペッタースキルヒェンやブリュンネルの少女たちを、ヨハンは気の毒に思っていた。寒気の中で聞こえるのはか細い声だった。短いスカートにベスト、薄い靴下姿の少女たちは凍えていたに違いない。真っ赤な鼻を見れば一目瞭然だ。口からは歌とともに、白い息が吐き出された。聖なる炎なんかじゃない。ただの水蒸気だ。

マリエラの母は、心配そうにヨハンに言った。

「あの子は取り憑かれたようなの。魔法にかけられたみたい。まともに話ができないの。この先、みんなが予想しているような事態になれば、マリエラは谷底に突き落とされたも同然でしょう」

ヨハンは肩をすくめた。マリエラは、自ら経験して学ぶよりほかない。ヨハンもマリエラぐらいの年齢の頃、母の意見にはあまり耳を貸さなかった。熱烈に祖国への奉仕を望み、必要とあれば命を捧げようとまで考えていた。そうやって自分は戦争へと駆り立てられていったのだ。

まったくひどい三月だ。聞こえてくるのは、息が詰まるような陰鬱なニュースばかり。ケルンを失い、アメリカはレマーゲンでライン川を越え、ブレスラウは包囲され、ロシアはポンメルン地方に深く侵入しコルベルク〔現在のポーランドのコウォブジェク〕も取り囲んだ。そしてハンガリーのドイツ軍は、もはや前進不能になっている。

一九二九年生まれにさえ召集がかかった。顎にうっすらと鬚が生えてきたばかりの、十五、六歳の少年たちだ。

ヨハンは、バンネルト家の母親が泣いているのを見た。日曜に、息子のカールが出征していったのだ。長男のカールは、笑って手を振りながら出ていった。

「きっとカールに会うことはもうないわ」

彼女は言った。

ああ、涙を流す母たちはなんと無力なのだろう！

今日はまた、製材所まで下っていかなくてはならなかった。最近、製材所では大きな変化があった。あのフランス人はいなくなった。捕虜はみんな、軍需工場に動員されることになったからだ。工場とはいっても鉄兜や軍用食器を作るだけと言う人もいれば、榴弾の製造だと言う人もいた。それでも、ガストンだのルネだのという名のフランス人たちは、まもなくやってくる夜明けの気配を感じ取っていることだろう。そして勝利の帰還を夢見ているのだろうか。

製材所の未亡人マリアンネは妊娠していた。誰が見てもはっきりわかる。彼女は昨秋、ヒムリッシュ・ハークの町で行われた審問をうまく切り抜けた。舅が、子どもの父親は自分であるという宣誓供述書を提出したのだ。彼は自分が党員であることを付け加えるのを忘れなかった。

七十二歳なのに？　その歳で子どもを作ることができる老人が何人いるというのだろう！　とにかくその子がブロンドであれ褐色の髪であれ子どもはコテック家の者になり、やがては製材所を継ぐことになるだろう。

真相は皆、知っていた。この件に関しては、ナチスの特別委員会が例外的に寛大な措置を取ったのだという。ペッタースキルヒェンの地区指導者アルベルト・マンゴルトもマリアンネ・コテックの救済に一役買った。マリアンネは、たいへんな美人だった。

ディッキヒトの子どもたちが、ヨハンの上っ張りのポケットにイースターエッグを押し込んだ。復活祭の飾り卵だ。知的障害者のヴィリが、路上で腕を振り回し、大声をあげながら踊っている。しまいに、口角から泡が吹き出した。

「はじけるぞ！　はじけるぞ！」

「何がはじけるんだい？」

「狂気が」

それがヴィリの返答だった。この言葉を、ヴィリは何度もファンファーレのように高らかに、ヨハンの耳元で繰り返した。「きょ・う・き！」

あの天才ヘルムートが、そっとヨハンのそばに近づいてきた。

「ハネス」

分厚いメガネのレンズ越しにヨハンをじっと見つめると、言った。

「また賭けをしたいんだけど。のる？」

「ものによるね」

ヨハンは答えた。

「どんな賭けだい？」

ヘルムートはつま先立ちして、手招きをした。ヨハンはかがんで聞いた。

「ヒトラーは自殺すると思う。そう思わない？」

ヘルムートはヨハンの耳元でささやいた。

「もう、それしかない」

小さな声だった。ヴィリや子どもたちの声にまぎれて、それはヨハンにしか聞こえなかった。

「あいつはそんな男だ。僕らがどうなろうと、かまわないと思ってる」

ヨハンは驚いて、ヘルムートをじっと見た。

なんということを言うんだ？　どこからそんな発想をしたのだろう？

「国民を無視する総統は自分で死ぬしかない」

ヘルムートは言ったあと、しばらく黙っていた。そして、ヨハンをじっと見た。ヨハンは彼の言葉を解釈しようとした。

「村でこんなことを言うと」

ヘルムートは続けた。

「みんなに「とんでもない！」と言われる。誰もヒトラーが死ぬなんて想像できない。ついこのあいだまで神様扱いだったからさ。でも彼が自殺するのはまったく当然の成り行きだ。ね？」

ヨハンは考えこんだ。

「さあ」

ヘルムートは言った。

「賭ける？」

「いや」

ヨハンは言った。

「君と賭けはできない。僕も同じ考えだから」


もうすぐ受難週[31]がやってくる。ヴォルフェンタンの住民が、シュトリーツェルという編みパンを焼く時期だ。人々は、一年かけて材料を貯えていた。イースターは戦争よりも重要だ。イースターは復活を意味する。そして復活は希望を意味する。

ヨハンの母も、イースターにはこれを焼いた。タネをこねている最中にお産に呼ばれることもあった。そんな時は、ヨハンが続きをこね、棒状にして三つ編みにする。そして天板いっぱいに並べて、オーヴンに押し込んだ。

兵舎で、このシュトリーツェルの匂いをどれほど懐かしんだことだろう！

レネ川にかかる橋の上で、エルザ・ファイニンガーに出会った。一番下の子を抱いている。赤ん坊は、イースターベルを手にさげている。

太陽がエルザの顔を照らしていた。一ヶ月前に会った時よりも、彼女は溌剌として、力強く見えた。奇妙なことだが、夫の死が活力を与えたのだろうか。

「誰だかわからなかったよ」

ヨハンは言った。

「光のせいよ」

エルザは微笑むと、子どもをぎゅっと抱きしめた。

刑務所からの手紙が一通あった。手紙を受け取った母親は喜びのあまり、鶏小屋から取ってきたばかりの卵をヨハンの手に押し付けた。

「もうじき、帰ってくる！」

彼女は涙を流しながら言った。

「あと数日よ。そんな気がする。そうすれば、また昔に戻れる！」

彼女はヨハンに手招きした。ヨハンが身をかがめると、耳元でささやいた。

「私のカーリは、帰ってきたらいっぱしの者よ。もしも世の中が変わって、あなたが厄介事を抱えるようなことがあったら言ってね。力を貸してあげられるように口添えしてあげる。カーリはいい子よ。母親の頼みを断るようなことはしないはず……」

ヨハンはもう、村の住人全員の顔を覚えていられなくなった。この数週間のあいだに東部地域からたくさんの難民が押し寄せてきた。新しい人たちが、新しい地域からやってきた。一部屋に五人、七人、いや十人もが暮らしていた。ほとんどが女性、それも老人と子どもだ。彼らの持ち物は、自分で運べるだけのものだ。その他は、何も持ち出せなかった。ヴォルフェンタン一帯はどこもかしこも難民であふれかえり、はちきれんばかりだった。

ヨハンの家にも、難民が割り当てられた。ニーダーシレジアから来た年老いた三姉妹だ。全員独身だった。三人は、母の部屋と、暖房のない屋根裏部屋を使い、台所はヨハンと共有した。老姉妹は納屋の粗末なトイレに文句を言った。世の中よりも自分のことだけ考えている人たちだ。

ヨハンは、三人とめったに顔を合わせることがない。夜、ヨハンが帰宅すると、三人はさっさと自室へ引き上げてしまう。

17

1945年4月

四月。ドイツ帝国の誇りと希望は潰えた。それでも、まだラジオ放送は行われていた。イギリスはライン川を越え、アメリカはドイツの内陸部へ侵攻した。ロシアはウィーンの手前まで到達した。休戦は間近だ。問題は、いかに窮地から抜け出すかだった。いつしか、みんな理解していた。やがてここへは、アメリカ兵ではなくロシア兵がやってくるであろうことを。

ペッタースキルヒェンでも、シャットニーでも、オードでも、ベルングラーベンでも、モーレンでもブリュンネルでも、人々は慌てて貴重品を庭や堆肥の中に埋めた。あるいは地下室の土間の下に、納屋の藁の中に隠す人もいた。事態の変化とともに、時間の流れが速くなったり遅くなったりした。一日が永遠のように感じられる日もあった。

それでも郵便配達の仕事はなくならなかった。毎日、早朝にヒムリッシュ・ハークから郵便を積んだバスが山を登ってきた。それはまるで、独自のメカニズムにしたがって動く機械のようだった。ヨハンは、ディッキヒトとその畑地を囲むようにしている森を抜け、ショッター通りから崖上にある小さなガレ場を通って谷を下る小道に入った。

朝霧の中で、ヨハンはじっと考えていた。二月十二日に、戦友のホルストに宛てて手紙を書いた。手紙は三月初め、未開封のまま戻ってきた。封筒には「新しい軍事郵便番号決定までお待ちください」というスタンプが押されていた。

ヨハンは待ち続けている。

その代わり、一枚の葉書が届いた。イルメラからだった。ヨハンはそれを何度読んだことだろう。そして心臓に最も近い、胸のポケットにしのばせた。イルメラは無事に両親のもとにたどり着いた。会えなくて寂しい、と書かれていたが、そのあとはもう読めなかった。

ヨハンは、居酒屋の主人フリッツ・アルトホーファー宛ての手紙を、二通配達するところだった。アルトホーファーは一九三三年以前、モーレンの村長だった。彼はさまざまな改革を行って、村人たちを驚かせた。しかしヒトラーが権力の座につくと、アルトホーファーの政策は政治的に問題があるとされ、村長を交代させられた。

それでも、フリッツ・アルトホーファーは裕福だった。居酒屋はいつも満員だった。彼は鱒の養魚池をいくつも持っていた。近隣のレストランに鱒を卸し、地区指導者を通して紹介された党の上層幹部たちが顧客にたくさんいた。

ヨハンがまだ見習いの頃、アルトホーファーのところへ配達に来た時のことだった。奥から彼の声が聞こえてきた。

「ドイツ・ジャガイモやチェコ・ジャガイモなんていう種類がないのと同じように、ドイツ鱒やフランス鱒もない。ジャガイモはジャガイモ、鱒は鱒だ」

アルトホーファーはさらに続けた。

「ドイツが優れている、っていったいどういう意味だ？　俺は第一にまず人間だ。第二、第三……ずーっとあとに、ドイツ人ってのがくるんだ。おまえたちもそう思うだろ？」

それはヨハンに考えるきっかけを与えてくれた。

ヨハンが片手を失って戦地から帰り、再び郵便配達の仕事に就いた時、アルトホーファーは歓迎のシュナップスをついで祝ってくれた。そしてヨハンの傷を見て言った。

「祖国が君の手に感謝してくれているといいんだが」

ヨハンはうなずいた。

「傷痍軍人記章をもらいました」

「そのちっぽけなバッジかい？」

アルトホーファーは、からかうように言った。

「そりゃあいい。パンを切る時の押さえに使えるだろうよ」

ヨハンは反発して言った。

「それに年金ももらえます」

「いいか?」

アルトホーファーは言った。

「君の手は祖国にとって、どれほどの価値がある?」

ヨハンはなんと答えていいのかわからなかった。アルトホーファーは、さらに言った。

「手や命を捧げられることを期待するような国家に、いったいどんな愛国心を持てばいいというんだろうね」

憤慨したヨハンは、シュナップスの盃をあけずに立ち上がって店を出た。しかし、あとでよく考えてみた。彼の言うとおりかもしれない。ただ、ヨハンはそこまで率直な言い方はできない。十分に危険だった。

今日はアルトホーファーは留守だった。ヨハンは妻のオルガに手紙を渡し、店主によろしくと言った。オルガは笑ってうなずいた。

ヨハンは昨夜の夢を思い出していた。とても美しい夢だった。ヨハンはイルメラと一緒に眠っていた。

橋を渡る途中、ヨハンは立ち止まって、しばらくのあいだ欄干越しに水を見ていた。鱒は揺れる藻のあいだを遊び、あちらこちらへ自由に泳ぎまわっていた。陽の光の中で、鱗がキラキラ光っている。人間もこんなふうに生きられたらと思った。気の向くまま、好きなように動きまわる。戦争へなんか行かなくてもいい。したいことだけをする。休暇に行く。旅をして世界中を見て回る。女の子と恋をする時間を持つ。そばに暖かい身体を感じ、「好きだよ、イルメラ！」と、ささやく。そんなことができる人生は、なんとすばらしいのだろう。

イルメラと一緒にいたのは二週間だけだ。会いたくてたまらない。彼女となら、神や世界について熱く語り合うことができる。

薪を割るエーリヒの姿が見えた。彼宛ての手紙はなかったが、ヨハンはマイクスナー家のほうへ行った。

「ああ、ハネスじゃないか」

エーリヒは嬉しそうに言うと、斧を薪割り台に打ち込むと手を止めて、言った。

「なにかニュースは？」

「死亡通知だけさ。だけど君は生きてる」

ヨハンは答えた。

するとエーリヒは言った。

「でも女の子には誰からも好かれない。生きてる意味なんかない。君は傷跡を隠せる。だけど俺はいつも顔をさらしてなくちゃいけないんだよ。頰は縫い合わせたってこのざまだ。鼻はどうだ？　肉の塊さ」

ヨハンは反論した。

「まずは生き延びることだ。とりあえずはこうするしかなかったんだろう？　戦争が終わって、もう一度きちんと手術ができたら、自然に女の子が寄ってくるよ。そしたら世の中がバラ色に見える」

エーリヒは額を叩いて言った。

「バラ色なもんか。君は夢見てるだけだ。世の中は味気ない灰色。それに、いつ平和が来るってんだよ？」

「もう長くはかからない」

ヨハンは言った。

「平和が来たって、勝たないと意味ないんだ」

エーリヒは怒ったように言った。

「戦争に負けたら、怪我したドイツ人の鼻はみんなそのままだ」

「でも、墓場へ行ってしまったら、鼻だの手だの、そんなこと言ってられないわけだから」

ヨハンはそっけなく言った。

「先を急がなきゃ。また明日」

池から蒸気が立ちのぼっていた。鴨が水面を滑るように泳いでいる。村じゅうが、しっとりと濡れていた。かつて赤ん坊におもらしされてしまったエルナ・リュッケルトのところに、待ちに待った夫からの手紙が二週間ぶりに届いた。彼女は大喜びだった。ヨハンも一緒に喜んだ。

モーレンの池ではカエルが鳴いている。柳という柳は陽光に輝き、トンボはイグサの上でバランスを取るように静止していた。

これからキーゼヴェッターさんのところへも行かなくてはならない。しかし、今日は春の微風を感じる気持ちのいい日だ。普段ほど気は重くない。

斜面の草原にはキバナクリンザクラが咲き、いい香りがする。ヨハンは花を摘み始めた。顔をあげると、キーゼヴェッターさんはもう木戸を開け、こちらへ向かって歩いてくるところだった。

「ヨハン、ヨハン！　オットーからの手紙はないの？」

ヨハンは、彼女に優しくしてあげようと思った。そしてキーゼヴェッターさんに花束を渡すと、言った。

「オットーからの花束です。もうすぐ、帰ると言ってますよ」

家に戻ると、レックフェルト夫妻は家庭菜園のそばのベンチで午後の日向ぼっこをしていた。最近、二人はこうしていることが多い。他のブリュンネルの住人の中で、奇妙なまでに浮いていた。とても落ち着いて、くつろいでいる。あたかも自分たちには、何ごとも起こらないかのようだ。

この時代、なぜこれほど心穏やかにしていられるのだろう?

ヨハンが不思議に思ったのはそれだけではなかった。若いカップルのように仲がいいのだ。まるでヨハンとイルメラ、あるいはハンナとアントンのようだ。この二人はよく一緒に墓地のベンチに座っている。アントンはハンナに腕をまわし、ハンナはアントンの肩に頭をあずけて。

レックフェルトさんたちは、そろそろ七十歳になろうとしている。

「気持ちのいい日ですね」

ヨハンはそう言って、深く息を吸った。

レックフェルト氏はうなずいた。

「私たちの家があったところには、きっと瓦礫の上に草が生え、花が咲いている頃でしょう。自然は正直です」

ヨハンは言った。

「僕は、今年初めて、春がこんなに美しいものだと気づきました」

するとレックフェルト夫妻は顔を見合わせて微笑んだ。

ヨハンは続けた。

「春は、もう行くのかい? その前に私の美しさを存分に見てくれ、とでも言ってるような気がします」

18

1945年4月

四月はまだ終わらない。そして戦争もまだ続いている。牧場では子どもたちがハナタネツケバナを摘み、森林官の官舎とブリュンネル通りのあいだにあるブナの森には、春の花が咲き乱れている。そして村の家々の庭には、今年最初のプリムラが陽光に輝いていた。

喜ばしいニュースが飛び込んできた。行方不明と言われていた〈金の白鳥〉のクルト・フィードラーが、生きていたのだ！　彼は帰郷した。妻のクリスタが、どれほど喜んだことか！

ただ、奇妙なことにクルトが姿を見せないのだ。クリスタも、人々と顔を合わせなくなった。そもそも、彼が休暇をもらえたこと自体が不思議だった。去年の秋から、休暇はもらえなくなったはずだ。クルトは許可なしに帰ってきたのだろうか？　前線のどこかで生きながらえるより、戦争が終わるまで故郷に留まっているつもりだろうか？

しかし、憲兵[32]に見つかりでもしたら、一巻の終わりだ。脱走兵は裁判にかけられる。

戦況は緊張を増していた。ダンツィヒ〔現在のグダニスク〕とケーニヒスベルクは降伏し、ウィーンも陥落した。マンハイム、ヴィースバーデン、フランクフルトは占領され、ルール地帯は包囲された。アメリカはエルベ河畔に到達した。

ルーズベルトが死んだ。これで少なくともしばらくのあいだは、息がつけるだろうか？

ヨハンはもう、夢を見るのをやめた。それはシャットニーの親ナチ少女マリエラや、ブリュンネルのバンネルト農場のカールに任せておこう。アメリカ大統領の死や、奇跡の兵器や、人狼部隊[33]に望みをつないでいるがいい。ヨハンは一日も早く平和が来てイルメラに再会できさえすればよかった。

ヨハンは、いつものように仕事を淡々とこなした。郵便カバンは、一月頃のような重さはない。ドイツは、日一日と小さくなっていく。

昨夜、汗びっしょりになって目覚めたのはなぜだったのだろう？　その瞬間の記憶の断片がまだ残っている。でも、何の夢だったのかは思い出せない。

制服姿のマンゴルトが、事務所のドアを開けた。彼は苛立ちを隠せない様子だった。

「ところで、村の様子はどうだい？」

彼は聞いた。

ヨハンは、ドアのわきの机にマンゴルト宛ての手紙を二通置くと、言った。

「時間待ちですね」

ヨハンは答えた。

マンゴルトはあたりを見回してから、ヨハンの肩をつかんで事務室の中へ引きずり込み、鍵をかけた。

「ハネス、ここだけの話だが」

彼は声を押し殺して言った。

「村で俺はどう見られてる？　みんな、俺のことをどんなふうに言ってる？」

「誰も何も言ってません」

ヨハンは答えた。

「少なくとも、僕には」

マンゴルトは、乗馬ズボンのポケットからまっさらなハンカチを取り出すと、額の汗を拭いた。

「あと数日だ」

絞りだすような声だった。

「我々のような立場の者はどうなるのだろう？」

そこまで言うと、マンゴルトはドアを開け、ヨハンを外へ押し出した。

「ハネス。いざという時はうまく口添えしてくれたまえ。いいね？」

マンゴルトは、ささやいた。

ヨハンは黙って、その場をあとにした。


フェンネルや、ブランデーや、麦芽コーヒーや堆肥の匂いが混じりあう中を抜け、マルクト広場まで行くと、〈金の白鳥〉のクリスタが、開け放った窓のそばで羽ぶとんに風を通しているのが見えた。去年の秋以降、彼女は変わった。目の下や頬がたるんで首には皺ができ、こめかみに白いものが目立つようになった。急に老け込んだのだ。

クリスタはヨハンの姿を認めると、合図をした。

ヨハンは、クリスタが降りてくるまで戸口で待っていた。

「ハネス。クルトのこと、知ってるわね？」

彼女はささやくように言った。

「隠れてるの。もし憲兵がかぎつけてきても、もちろん私は何も知らないことになってる。あんたも何も知らない。いい？」

ヨハンはうなずいた。

「ありがとう。けっして忘れないわ。あなたは本当にいい人ね」

彼女は小声で言った。

手紙を一通渡すと、クリスタは礼を言って、家の中に消えた。

ヨハンは、常に除隊証明書を身につけていた。


〈山の精〉のバーに、ヴェラが私服の若い男と座っていた。知らない男だった。ヨハンは挨拶をしたが、男は返事をしなかった。

ヴェラは立ち上がると、ヨハンを厨房へ呼んだ。手紙をちらりと見て彼女は言った。

「パパはじきに帰ってくる。いよいよだわ。ところでプラムムース、食べる?」

ヨハンはにっこり笑った。ヴェラがパンにムースを塗り、たっぷりとその香りを吸い込む様子を見ながら、ヨハンはたずねた。

「あれ、誰?」

「あんたになら言うわ。口が固いから」

ヴェラは小声で言った。

「収容所から脱走してきたロシア人捕虜よ。とにかく故郷に帰りたがってる。きっと恋人が待ってるのね。聞いてみたんだけど、ぜんぜんドイツ語がわからないの」

だから、返事をしなかったのか。密告を恐れているのだ。しかし、ここにいるのは危険だ。

ヴェラはヨハンにパンを渡し、バーを通り抜けて玄関先へ導いた。

「ヴェラ」

ヨハンはささやいた。

「いいかい？　彼が捕まったら、次は君の番だぞ。大急ぎで、なにか食べるものを持たせて送りだすんだ。できれば夜のあいだがいい」

「だけど、彼もあんたや私と同じ人間よ」

ヴェラは静かに言った。

その瞬間、バーのドアが開いた。ロシア人が顔を出し、不安そうにヴェラを見た。

「じゃ、また次の配達のときにね」

彼女はそう言って玄関のドアを開けた。ヨハンは黙ったまま、シャットニーへ向かう道を取った。

彼は陽光に満たされた春の空気の中に、暗くゆらめくなにかを感じた。恐れと希望、不安と危険が混じりあっていた。嘘が芽を出し、復讐への欲求がきらめき、隠れていたものが明るみに出てきた。

昨夜の、いまいましい夢！　ヨハンはその悪夢を思い出さずにはいられなかった。


森のはずれに、レンガ製造工場がある。フランス人捕虜が去ったあと、そこはにわか作りの難民宿泊所の事務所になっていた。東プロイセン、ポンメルン、シレジアから追われてきた子どもたちが、建物の周りを走り回り、ボールを蹴っていた。子どもを叱る女性の声も聞こえる。ヨハンは建物のほうへ行き、開いた窓から手紙を三通手渡した。ここでは「やあ、ハネス」という声は聞かれない。

森の手前で、キュットナーのおばさんが、ウクライナ人の下男とポーランド人の女中を働かせていた。ウクライナ人は畑を耕し、女たちは牧場で石ころを取り除いている。キュットナーさんが、てきぱきと指図をしている声が聞こえる。さっぱりした性格で、たくましい女性だ。いつもあれこれと身体を動かしている。夫は亡くなり、二人の子どものうちひとりは行方不明のままだ。

ウクライナ人たちに、めったに手紙は来なかった。しかし、ブロンドのポーランド人マルタには、毎週両親からの手紙が届いていた。

マルタはここへ来た時、十六歳だった。まだ両親が身を案じるような、ほんの少女だった。マルタは自分の意志でやってきたのではない。しかし、キュットナーさんとはうまくいっていた。二人は互いを頼りにしているように見えた。

もうひとりのポーランド人のイゴルとキュットナーさんは馬が合わなかった。ある時、ヨハンはキュットナーさんからその理由を聞いた。「イゴルは大学を出てるんだよ。私にゲーテを読んだかと聞いてきたんだ。私らにそんなものを読む時間があるわけないだろう？　牛のことは何も知らないくせにさ。だから、こう言ってやったよ。私らはゲーテなしでも生きていける。でも牛がいなかったらどうなるってね？　答えられなかったよ」

何週間も前から、マルタとイゴル宛ての手紙は一通も来ていない。ポーランドもウクライナも、もうとっくに東部前線の向こう側になってしまった。

たいへんな時代になった。捕虜にとって、解放はすぐそこまで来ている。だが、こちら側の者は今はまだ自由でも、やがて囚われの身になる。恐ろしいのは報復と断罪だ。

ヨハンは自分の立場を考えてみた。手を失ったことは、どう評価されるのだろう？

そもそも、ヴォルフェンタンの助産師の私生児として生まれたヨハン・ポルトナーとは何者だ？ただのちっぽけな存在にすぎない。

シャットニーにさしかかった。今日は一通だけ手紙がある。消印はヒムリッシュ・ハーク、マリエラ宛てだ。マリエラはいつものように、ヨハンに駆け寄ってきた。若く、かわいらしいマリエラはソバカス顔を輝かせている！

しかし、手紙を手にしたとたん、笑顔が消えた。それは軍事郵便ではなかった。

「彼の両親からだわ」

困惑したように彼女は言った。

「ご両親から私に手紙が来るなんて……」

マリエラはヨハンに手紙を渡した。

「あなたが読んで。私は読めない。怖いわ」

ヨハンは手紙を開いて、目を走らせた。マリエラの視線が、自分の唇に向けられているのを感じた。

ゆっくりと、ヨハンは顔をあげた。マリエラは大きく目を見開いたままヨハンを見つめた。

彼はうなずいた。

「君が思ったとおりだ」

「違う!」

マリエラは叫んだ。

「嘘よ、ハネス! そんなはずがない! 彼じゃない!」

彼女はヨハンの手から手紙をひったくると、破り裂いて空中に放り投げた。紙片が宙を舞った。彼女は叫びながら、学校へ駆け込んだ。

ヨハンは首を横に振った。とうとう、あの若者までやられたのだ。ヨハンは、休暇で帰ってきたマリエラの恋人を見かけたことがある。ヨハンとほとんど歳は違わない、美しい青年だった。彼は狂信的なヒトラー信奉者で、自分の制服姿に陶酔しているようだった。

ヨハンはオードに向かって坂を登っていった。歩きながら、計算してみた。数字はかなり正確に記憶していた。前年九月の時点で、この七つの村の死者は四十一人、不明が十人だった。その後、死者の合計は七十九人、そして不明者は二十一人にのぼった。

つまり、この九ヶ月のあいだに、それ以前の五年間とほぼ同数の死者が出たことになる。

突然、昨夜の悪夢が蘇った。それはあらためて、はっきりと鮮明に現れた。青紫色の映像だった。

ヨハンはモーレンから森を抜ける山道を登り、森林官官舎から聞こえる声を耳にした。

「ヨハン！　ヨハン！」

庭木戸から、キーゼヴェッターさんが走り出てきた。彼女がぶら下げている、黒い大きなものはなんだろう？　ヨハンの郵便カバンだ。郵便が半分しか入っていなくても、老女が軽々しく振り回せるほど軽くはないはずだ。

「ヨハン！　ヨハン！　カバンよ」

ヨハンは不思議に思った。カバンは忘れてなんかいない。それでも彼女は木戸越しにカバンを渡すと、いつものように笑いかけた。ヨハンは、ありがたく受け取った。しかし中を覗くと、手紙や葉書は一通もなかった。そこに入っていたのは赤青い、血が出尽くした肉の塊。ヨハンの手だった。

19

1945年5月

五月一日。ヒトラーが死んだ。

ヒルデは不安そうな表情をしていた。

「今日のところは、まだロシア兵は来ないわ。ヒムリッシュ・ハークの郵便局から郵便袋を届けてくれたドイツ軍少尉が言ってた。来るのは早くて明日の早朝、たぶんあさってだろうって」

さらにヒルデはこんなことを教えてくれた。

「アルベルト・マンゴルトが逃げたのよ！　私服でね。奥さんのオッティも一緒。公用車でよ！　西へ向かったの」

「そんなことになるんじゃないかと、数日前に思ったよ。こっそり目立たないようなんとか逃れようというわけだ。マンゴルトが胸を張れるのは、乗馬ズボン姿の時だけだ。あれを履いてると、ヒトラーから力をもらったような気になるんだろう」

ヨハンはそう言って、壁に架かったヒトラーの写真を見上げた。そして、こう付け加えた。

「でもマンゴルトは気のいいおじさんだった。保身とか出世に関することを除けば」

ヨハンはヒトラーの写真をはずした。

「ハネス、それをどうするつもり？」

怪訝そうにヒルデがたずねた。

「どうするって？」

ヨハンは聞き返した。

「粉々にしてやる」

すると、ヒルデはヨハンから写真を奪い取った。

「したいなら、ヒトラーを八つ裂きにすればいい。でも額縁に罪はないわ。ヒトラーと関係ないもの。次の人の写真をここに入れましょう」

ヒルデは額縁の裏の枠をはずして写真を取り出すと、ヨハンに渡した。ヨハンは手のない左腕を上げたがすぐに下ろすと、あらためて写真を口にくわえて写真を右手で引き裂いた。裂け目はヒトラーの額から鼻へ、そして耳に向かって弧を描いた。

「時代はあっという間に変わる」

ヒルデは言った。

「ほんの数日前、こんなことをしたら絞首刑だったのに」

手紙七通、商品見本のカタログ、葉書二枚。今日の郵便はこれで全部だ。たったこれだけのものを配達するために、二十キロ以上歩く意味があるのだろうか？　狂気の沙汰だ。

それでもヨハンは、郵便配達人の務めを果たさなくてはならないと考えていた。ペッタースキルヒエンの路地を歩き、地区指導者事務所の固く閉まったドアの下から手紙を押し込んだ。

指物屋（さしものや）には、真新しい棺桶が山と積まれていた。でも親方の姿が見えない。いたのはポーランド人のカレルだけだ。カレルは削り屑を巻き上げながら、鉋（かんな）をかけていた。汗まみれの金髪は、おがくずだらけだ。

「ペストでも流行してるのかい？」

ヨハンはたずねた。

「いつの世にも棺桶は必要だ」

カレルは答えると、手を止めた。

「どんな道を通ろうとも、人は必ず死ぬ」

ヨハンは、親方はどこかとたずねた。

ドアのきしむ音がして親方が姿を見せた。彼は商品カタログを受け取ると封を開け、首を横に振って言った。

「いまだにラッカーの色見本を送ってきやがる。今の世の中、もっと大事なことがあるだろうに！」

次から次へとドイツ軍の車両がペッターースキルヒェンへ押し寄せ、マルクト広場を横切ってヴェルンスタールのほうへ向かっていった。振動で村が揺れた。轟音はあらゆる音を消し去った。通りにはもう、人の姿はほとんどなかった。

今朝もヨハンは、いつものようにシャットニーへ向かう道を取った。

バラック宿舎の前にはいまだに、ハーケンクロイツの旗が風に吹かれてだるそうに膨らんでいた。旗の前では毎朝、誓いの歌が歌われていたというのに。

子どもたちへの手紙は一通もなかった。先生たちにもなかった。ルール地方はすでに、前線の向こう側の手の届かないところにある。どうすることもできない。ただ、平和が来るのを待つだけだ。

ウテ・フォン・コンラディが、共同寝室のロッカー前で子どもたちのリュックサックに荷物を詰めていた。黒い服を着た彼女は、いつも以上に青白く、鼻が尖って見えた。彼女は二日前から、子どもたち全員の面倒を見ていた。もうひとりの先生が、姿を消してしまったからだ。

ウテは、ヨハンのあとについてきた子どもたちを教室から追いはらった。

「何してるんですか?」

ヨハンはたずねた。

「どうするつもりです? ひとりではとても全員の……」

「ドルトムントまで歩いて帰るのよ」

ウテは言った。

「二、三日中に出発するわ」

「こんな大勢の子どもたちを連れて？　小さな子もいるし、五百キロも六百キロも歩くのは無理でしょう！」

ヨハンは語気を強めた。

「子どもたちに何を食べさせるつもりですか？」

「まだ備蓄はある。小麦粉、砂糖、オート麦フレーク、油、セモリナ粉。それをみんなのリュックサックに詰めて、手分けして持つのよ。それがなくなったら、食べ物を分けてくださいと頼むわ」

「病気の子は？」

ウテは窓越しに、バラックの後ろの荷物をうず高く積み上げた手押し車を指さした。ヨハンは信じられないといった様子で首を横に振った。

ヨハンはバラックを出ると、配達が終わったらすぐにヒルデ・ベランのところへ行こうと思った。ヒルデならきっとなにかいい考えを思いつく。バラックの炊事係だって、またすぐに手配してくれるだろう。うまくいけば、子どもたちのためにジャガイモや牛乳を調達できるかもしれない。そうすればウテも考えなおして、ここに留まるだろう。何日かしたらヒムリッシュ・ハークまで歩けば鉄道で帰れるようになる。ここヴォルフェンタンからルール地方まで歩いて帰るなんて、とんでもない。

オード村に配達する手紙は、一通だけだった。だが、ヨハンはすぐに帰れなかった。その家のおばあさんは、野イチゴの砂糖漬けを小さなボウルに一杯、ヨハンにごちそうしてくれた。そして言った。

「ロシア兵よりあんたに食べさせたいわ」

彼女はちょうどその時、裏庭に葉巻の箱を埋めようとしているところだった。ヨハンがやってきたので、もう一度蓋を開けて中を見せてくれた。結婚指輪、男物の腕時計、十字架のついた金の鎖、銀製のコーヒースプーンが六本、ざくろ石の装飾がついたブローチ一個、そして紙幣が数枚。

「息子が帰ってくるまで、上に薪割り台を乗せておくわ」

彼女も、信頼できるヨハンなら秘密を話してもかまわないと思ったのだろう。


ベルングラーベンへ下る坂道では、もう白樺の新芽が出始めていた。あたり一面で春の音がする。石のあいだで日向ぼっこをしていた蛇たちは、ヨハンが近づいてくると、のそのそと動き出した。向こうからヘルムートがやってきた。

「また賭けしない？」

彼はささやいた。

「言ってみなよ」

気がのらない様子でヨハンは返事をした。

ヘルムートはささやいた。

「僕らはここを出ていかなくてはならなくなる。そして家と畑だけが残る」

ヨハンは言った。

「そりゃ、よそからやってきた人たちは、戦争が終われば故郷に帰りたいさ」

「違うよ、僕たちのことを言ってるんだ」

「バカバカしい」

ヨハンはぶっきらぼうに言った。

「じゃ、賭ける?」

ヘルムートは探るような目をした。

「そしたら、どの村にも人がいなくなるじゃないか」

ヨハンはいらいらして言った。

ヘルムートはうなずいた。

「村はまた森になる」

「僕らの七つの村に誰もいなくなるなんて、想像できるわけない」

「想像はできない」

考え深げにヘルムートは答えた。

「でも、想像できないことが起こるかもしれない」

ヘルムートは歩き出した。数歩行って振り向いた彼は、分厚いメガネ越しにヨハンの背中をじっと見つめると、小さな声で言った。

「君だって、もう長くは生きていない」

その声は、ヨハンには聞こえなかった。


モーレンの手前で、ロッテ・クレスに会った。顎が尖っている。彼女はディッキヒトへ向かう途中だった。ディッキヒトで一軒だけ、シュモック姓ではない農家のハニッシュさんから散髪を頼まれたのだ。子どもたちも連れていた。二人を家に残しては出かけられないと、彼女は言った。

「戦争が終わったらどうするつもりなの？」

ヨハンはたずねた。それまでずっと彼女にはSie（ズィー）で話していたことを忘れていた。

「わからない」

投げやりな様子で、彼女は言った。

「流れに身をまかせるわ」

モーレンでは、居酒屋の玄関口に主人のアルトホーファーが立っていた。彼はヨハンに声をかけた。

「仕事はもうあまりないだろう？　さ、中で一杯やろう。次はいつになるかわからんからね。もちろん、私のおごりだ」

「いいですね。僕もちょうど聞きたいことがあったんです」

ヨハンは言った。

バーの中は人気がなかった。妻のオルガがひとり、カウンターの裏でグラスを洗っていた。

「オルガ、こっちへおいで」

店の主人は言った。

「洗い物はあとでもできる」

三人は向い合って座り、グラスを持ち上げた。

「平和に乾杯」

アルトホーファーは言った。

いつでも平和は歓迎だ。ヨハンはグラスを合わせ、ぐっと飲み干した。

「聞きたいことって？」

彼はたずねた。

「オルガが一緒でもいいだろう？　僕が聞くことは彼女も知っておくべきだし。他へは口外しない」

「正義って、いったい存在するんでしょうか？」

ヨハンはたずねた。

アルトホーファーは少し考えてから言った。

「まだ出会ったことがないな」

しばらくして、付け加えた。

「人は正義を求める。でも人間存在の中で正義は作られない。なぜなら、そこにはいろんな要素が作用するからだ。意志、環境、その人の素質、状況……ほかにもたくさんの要素がある」

ヨハンは不思議そうに言った。

「それはつまり、正義に関しては神は関知していないということですか？」

「いや、別な言い方ができるかもしれないな」

アルトホーファーは答えた。

すると、ヨハンは言葉を荒げた。

「神のもとに正義はない、とでも？　もしそうなら、神は神じゃない。神は全能なはずだ！」

店の主人は、椅子に寄りかかりながら言った。

「正義がないということから、まったく別の帰結が導き出されるかもしれない」

ヨハンは考えた。そして突然、驚いたように言った。

「もしかして、神は存在しないとか？」

アルトホーファーはしばらく黙っていた。そして口を開いた。

「僕は、なんらかの存在を信じなくてはならないと思ってる。我々を無条件に愛してくれるような存在だ。でないと我々は、この広い宇宙で行き場を失った塵みたいなものだ。不安で気がおかしくなってしまう」

「私もそう思う」

オルガが微笑んで言った。

「で、正義は？」

ヨハンは興奮して言った。

「正義はいったいどこにあるんですか？」

アルトホーファーは言った。

「そんなものは存在しない。切に望むことができるだけだ」

ヨハンは、アルトホーファーをじっと見つめた。彼の言葉を理解しようとした。

「オルガ、君はどう思う？」

主人はカウンター越しに聞いた。

「私たちは偶然に翻弄される存在よ」

彼女は答えた。

ヨハンは立ち上がって、お礼を言った。

「平和が来たら、義手を作ってもらうといいわ」

オルガが後ろから声をかけた。

「日曜日には白い手袋をはめられるようなやつをね」


キーゼヴェッターさんは、いつものようにヨハンを待っていた。

「二、三日中に、ブリュンネルへ移ったほうがいいですよ」

ヨハンは言った。

「ロシア兵がやってきます。彼らがいったい何をするか……」

「でもね、ヨハン」

彼女は微笑んだ。

「この歳になったら、怖いものなんかないの。私は逃げない。ロシア兵が来た時に留守にしていたら、好き放題に荒らされるでしょ。何をされるかわかりゃしない。私はずっとここにいるわ。オットーが帰ってきた時のために、家はきちんとしておかなきゃ」

家に近づくと、エルナ・ガプラーが飛び出してきた。

「ハネス！」

彼女は言うと、ヨハンの肩を抱えた。

「たいへんよ。レックフェルトさんたちが死んだの」

ヨハンは驚いた。

「レックフェルトさんが？」

「昼頃、二人はいつものようにベンチに座っていたの。そこに銃声が聞こえて。まずご主人が奥さんを撃って、そして自分を撃ったのよ。居間に運んで、二人横に並べてある」

ヨハンは言葉を失った。

「バンネルトさんたちが、あんたの夕食の用意をしているわ」

彼女は言った。

「家に死人がいちゃあ、食べ物なんて喉に通らないでしょ」

ヨハンは食欲はなかったし、ヒルデ・ベランのところへ行こうとしていたところだ。

「明日の朝じゃだめなの？」

エルナは不思議そうに聞いた。

「バラックにいる、ルールの子どもたちのことなんです」

ヨハンはぐったりして言った。

「食事の世話をしてくれる人が誰もいなくなっちゃったんです。先生のひとりは逃げてしまいました。まだ若い先生がたったひとりで子どもたちの面倒を見ているんです」

「それならもう行く必要はないわ」

エルナは言った。

「さっき、先生と子どもたちが歩いてくるのが見えたの。子どもたちにはミルクを飲ませたけど、全員の分はなくて。喉の乾いた子にはお水をあげたわ。バケツに二杯たっぷりと……」

家に死人が二人。親しくしていた人たちだ。ヨハンは唇を噛んだ。なぜレックフェルトさんたちがあんなに落ち着いていたのか、その理由がやっとわかった。彼らは前々から念入りに計画していたのだ。ずっとそのつもりだった。そして今日、計画を実行したにすぎない。

頭がぼうっとしたまま家に入り、郵便カバンを肩からおろした。その時、中に手紙が一通残っていることに気づいた。ブリュンネルのバンネルトさん宛ての手紙だ。

配達し忘れた！　配達人になって以来、こんなことは一度もなかった。うっかり忘れたなんて。許されない！

ヨハンはカバンから手紙を取り出して、差出人を見た。ノイシュタット市庁。変だ。農婦のバンネルトさんにノイシュタット市庁から手紙？　どこのノイシュタットだろう？　ドイツにはノイシュタットが何十もあるはずだ。最近、奇妙なことがたくさん起こるが、ヨハンはもう驚かなくなっていた。

ヨハンは道を横切り、納屋にいるバンネルトさんを見つけた。

「カールから？」

彼女は飛び上がった。

「違います」

彼は言った。

「ノイシュタット市庁からです」

ヨハンは手紙を渡すと、その場を離れた。おしゃべりしている暇はなかった。

家のドアの取っ手を下げたとたん、農場の納屋から叫び声が聞こえた。

「カール！　私のカールが！」

20

1945年5月

一九四五年五月九日の早朝。ヨハンは国民ラジオ[34]のスイッチを入れた。今の戦況を知ろうと思ったのだ。しかし、聞こえてきたのは外国語の放送だった。

ヨハンは今日も郵便配達人の制服を着て、郵便カバンを肩からさげるとペッタースキルヒェンへ向かった。制服にはブラシをかけ、帽子の埃をはたいた。青く輝くトンボの羽根が、帽子の裏側から舞い落ちた。

バンネルトさんの納屋にさしかかると、すすり泣く声が聞こえた。ヨハンは中へ入っていった。彼女は乳搾りのスツールに腰をかけ、牛の身体に頭をもたせかけていた。

「僕だよ。ハネス」

そう言って、ヨハンは彼女の隣にしゃがんだ。

「話して」

バンネルトさんは声が出なかった。が、エプロンのポケットから、涙で濡れたくしゃくしゃの手紙を取り出した。その手紙は、ノイシュタット市長の指示によって、ある女性が書いたものだった。

ノイシュタットを前線が通り過ぎたあと、十一人のドイツ兵の遺体が路上に残されていた。大半は子ども同然の少年だった。市は彼らを市立墓地に埋葬したが、そのひとりがカール・バンネルトだった。頭に銃撃を受けており、医師の検死によると即死と思われる。ノイシュタットは現在アメリカ軍の管理下にあり、もはやドイツ軍の所轄事務所は存在しないので兵士の家族に連絡する手段がない。よって、暫定市当局は両親に訃報を送る義務があると考えている。この手紙は信頼できる筋の男性に託され、出身地へ届けられることになった。ノイシュタット市長は死亡兵士の両親に対して、追悼の意を表す。

サインの下には、死亡者の所有物は市役所に保管されており、情勢が安定したのち引き取りに来られたしという付記があった。

「カールは苦しまなかったんだね」

ヨハンはそれだけ言うのが精一杯だった。

「でもあの子はもう帰ってこない」

母は泣いた。

郵便局に着くと、予想通りのことが起きていた。今日は、ヒムリッシュ・ハークからの郵便は届いていなかった。

「平和が来たのよ」

ヒルデは言った。

「どこから聞いたの？」

ヨハンは不思議そうに聞いた。

「アントン・ノイベルト。彼は英語ができるの。学校で習ってね。目が見えなくなってからはずっと敵国のラジオ放送を聞いていたの。今朝のニュースによると、今日の夜零時に、ヨーロッパ中の全前線で休戦になったそうよ」

ヨハンは、イルメラのことを想った。彼女と一緒に平和を祝いたい。レックフェルトさんたちは、今も居間に横たえられたままだ。バンネルトさんの息子は、もう少し生きていたら、一緒にこの輝きに満ちた美しい春の日に平和を祝うことができたのに。イルメラは、いったいいつ戻ってくるのだろうか？


二人の郵便局員ヒルデとヨハンは、すべてをきれいに片づけると肩を抱き合った。

「ハネス、元気で」

ヒルデは少し震える声で言った。

「またすぐに、この部屋で会うことになるよ。だって、ここペッタースキルヒェンで郵便の仕事がわかっているのは僕らだけだ。郵便はまた復活する」

ヨハンは言った。

「そうだといいんだけど」

入口の鍵は、かけないでおいた。こうすれば、この先誰かが郵便局へ入ってこようとしても、ドアを壊されなくてすむ。

二人は、まだ日の高いうちに帰宅した。ヒルデは鍵を、ヨハンは郵便カバンを持ち帰った。関係者以外の手に渡すわけにはいかないものだ。

ヨハンは家に帰るとすぐ、制服と帽子を脱いだ。制服の袖と帽子の前面には、ドイツの鷲とハーケンクロイツがついている。そして制服を丁寧にたたんで紙に包み、きれいな茶色のジュート袋に入れて平らにすると納屋の薪の山の下に押し込んだ。

これで、ナチスの鷲とおさらばだ。

郵便カバンも、軽くたたんで寝室の床板の隙間に隠した。


次はレックフェルトさんたちを埋葬しなくてはならない。ヨハンは、墓地に二人分の穴を掘ってくれる老人たちを見つけ出したが、相応の賃金を払う必要があった。彼らが言うには、レックフェルトさんたちはブリュンネルの村民ではないからだ。

シェーヴェルさんから借りてきた手押し車で、ペッタースキルヒェンの肆具屋に棺桶を調達しにいった。建具屋にいたのは親方だけだった。ポーランド人のカレルは、故郷へ帰った。レックフェルト夫妻の居間のテーブルの上には、「棺桶と埋葬代」と書かれた封筒にお金が入っていた。ヨハンはそれで棺桶の代金を支払った。

ペッタースキルヒェンの神父は、葬儀を執り行うのを拒否した。

「レックフェルト？　プロテスタントだからねえ」

神父は、それは自分の仕事ではないと言った。

ヨハンが棺桶をブリュンネルまで運び上げた時にはもう日が沈みかけていた。ヨハンと手押し車に載せた棺桶が山腹に長い影を落とし、夕陽がタンポポの黄色を赤く染めていた。

突然、ヨハンはあたりの静けさに気づいた。逃走するドイツ軍戦車のエンジン音や轟音は、昼以降、聞こえなくなっていた。ただヒバリが数羽鳴いているだけだ。

納屋のそばで、ヨハンは足を止めた。勝者が見たら腹を立てるようなスローガンを書いたポスターが、まだ貼られたままだった。ポスターをはずすと、小さくたたんで溝に投げ込んだ。そこで朽ち果てるがいい。

棺桶を積んで帰宅すると、シャットニーのほうから鈍い音が近づいてくるのが聞こえた。

ロシア兵だ。

不安で心臓が押し潰されそうになった。足が冷たくなる。その感覚は手や傷跡まで伝わった。左手が激しく痛み出した。もうとっくに失っている手なのに。

ほとんど暗くなった頃、ロシア兵たちがブリュンネルにやってきた。この小さな村に泊まろうとするロシア兵たちは多くなかった。ヨハンの家の戸口には、棺桶を積んだ手押し車が停めてある。入ってこようとするものは誰もいなかった。

最初の夜、ヨハンは服を着たまま寝た。寝室には行かず、いつでも飛び起きられるようにストーブ前の長椅子に身体を横たえた。居間の窓は大きく開けたままだ。シェーヴェルさんの農場から、騒がしい声が聞こえてきた。そこには大きな車両が停まり、ロシア兵たちが勝利を祝っていた。ヨハンは祈った。神様、どうかシェーヴェルさんたちをお守りください、と。農場にいるのはシェーヴェルさんたちだけだ。ウクライナ人の女中やポーランド人の下男は、カレルや他の強制労働者たちと同じように、朝のうちに東へ向かった。

粗野な歌や笑いや、がなり声が聞こえてきた。かつて、ドイツ兵も戦争の初期は同じように凱歌をあげていたのだろう。こんどは彼らの番だ。

時おり農場の騒ぎ声がやむと、かすかに他の物音も聞こえた。犬が吠え、赤ん坊の泣き声が聞こえた。ヨハンは一度、絶望したような女性の叫び声を聞いた。

五月十日朝、ロシア兵は農場と近隣の家から引き上げた。シェーヴェルさんの奥さんと姪は、すっかり消耗していた。二人は二十五人のロシア兵のために食事の支度をさせられた。卵、飼っていた鶏の半数、バターやベーコンの備蓄、燻製はすべて食べ尽くされた。招かれざる客たちは翌朝、山羊を生きたまま一頭連れていった。本当になんということ！

その日の午後、レックフェルト夫妻は埋葬された。老人二人と十四歳の少年が手を貸してくれた。家から棺を運び出して手押し車に載せ、村の上方にある墓地まで車を引いていった。彼らは、棺を穴に降ろすところまで手伝ってくれた。しかし穴の幅が狭すぎて、横に二つ並べることができなかった。しかたなく、奥さんの棺はご主人の棺の上に乗せられた。

墓地からは、ヴェルンスタールへ登る道がよく見渡せた。その道を、ロシア軍の車両が轟音をたてながら西へ向かっていく。老人たちと少年、そしてヨハンは不安そうにブリュンネルへの分かれ道をじっと見ていた。みんな同じことを考えていた。一刻も早く、村へ戻らなければ。

埋葬には、彼らのほかにハンナとアントン、エルナ・ガプラーが立ち会った。エルナは昨夜、ひどい目にあっていた。彼女は腕時計をしていなかった。目の下には黒いアザができていたし、下唇はかさぶたになっていた。

ぽっかりと口をあけた墓穴の前で、ヨハンは短い弔辞を述べた。デュイスブルク出身のレックフェルト夫妻はおだやかで優しく、親しみ深い人たちだった。彼らが自ら死を選んだことを尊重し、二人を良き思い出の中にとどめたいと思う。ここに立ち会った人たちにも、そう願うと言って話を締めくくくった。

イルメラに出会う前なら、ヨハンはこのような時、人前で話す自信などなかっただろう。

家に帰ると、三人の老女たちが空き部屋になった部屋を、すでに自分たち用に整えていた。レックフェルト夫妻がデュイスブルクから持ってきたトランクには二人の私物が詰め込まれ、玄関の前に置かれていた。老女たちはヨハンに断りなく、そしてレックフェルト夫妻への敬意もなく、部屋に侵入してきたのだ。まるでハゲタカだ。

ところが、老女たちをこれまで使っていた部屋へ追い返そうとしたちょうどその瞬間、ロシア兵の一団がなだれこんできた。突然のことだった。ひとりはヨハンに向かって、左手を指さした。ヨハンは左手の傷跡を上げて見せ、同時に腕時計をはめた右手も差し出した。腕時計が欲しいなら、さっさとはずしてくれと。

しかし、奇妙なことが起こった。そのロシア兵はヨハンの傷跡を見るなり、手を下ろしたのだ。そして踵を返すと、仲間が群がっている老女たちのほうへ行ってしまった。

ロシア兵たちが立ち去ったあと、レックフェルト夫妻の居間から老姉妹の嘆き声が聞こえてきた。持っていた時計のすべて、両親の思い出の品、中でも大切にしていた父親の金の懐中時計をロシア兵が奪い去ったのだ。慰めようもなかった。

ヨハンは黙って、レックフェルト夫妻の居間を彼女らに使わせようと思った。こんな非情な時代に世間知らずの三人を放り出すことはできない。目をつぶるよりほかない。

ヨハンは歯を使って腕時計をはずすと、戸棚の上に置いた。ヨハンが小さい頃に、母が子どもが見たりさわったりしてはいけないものをなんでも隠していた場所だ。

次に来たロシア兵たちは、もう時計がないと知るとレックフェルト夫妻のトランクを持ち去った。そのあとにやってきたキルギス人兵士は、老女のひとりが首にかけていた金の鎖を引きちぎって持っていった。

マンゴルトの事務所にはロシア人の「司令官」事務所が置かれた。ペッタースキルヒェンの村長は職を解かれ、ヴェラの父親である〈山の精〉の主人が新たに村長になった。無免許で家畜を屠殺した罪で服役していたが、釈放されて戻ってきたのだ。

酪農場は操業停止状態だ。

郵便局も閉まっている。

ヨハンはもう知っていたことだが。

その後、ロシア兵は来なくなった。やっと息がつけた。ブリュンネルの母親たちは、再び子どもたちを戸外で遊ばせるようになった。そしてヨハンはレックフェルト夫妻がいつも座っていたベンチに腰かけ、イルメラを想った。

危ない目にあっていないだろうか？　イルメラは――まだ生きているのだろうか？

21

1945年5月

新村長の指示のもと、ペッタースキルヒェンとブリュンネルの道路脇の側溝に放り込まれていた瓦礫の片づけが行われることになった。ヨハンも参加した。右腕と右手は無傷だ。引っ張る、押す、運ぶ、持ち上げる。それならできる。作業に行くと、配達の時によく言葉を交わしていた知り合いと再会できた。

新たな指示が出た。ドイツ人の疎開者と空襲による被災者は全員、受け入れ町村を四十八時間以内に立ち去れというのだ。荷物は自分で持てるだけと決められていた。地元の人々は去っていく人々のために食料を包み、最後の食事を用意した。少なくとも、故郷へ向かう彼らがすぐにお腹を空かせたりしないよう。そしてよい思い出を持って帰れるように。

集合の場所はペッタースキルヒェンだった。そこから馬車でヒムリッシュ・ハークの鉄道駅まで行くことになっている。

ヨハンのところの老姉妹も該当者だった。三人はすっかり取り乱していた。ヨハンはあれこれとできるかぎり手を貸し、三人をペッタースキルヒェンまで送っていった。

ヒルデが手を振っている。彼女も、家に住まわせていたルール地方からの疎開者を集合場所まで送りにきていた。

元地区指導者の事務所には、槌と鎌の赤い旗がはためいている。どうしてもまだ、違和感がある。しかし、気にしても仕方がない。来るものあれば、去るものもあり。それより、この数ヶ月のあいだに知り合った人たちとの別れが迫っている。みんなもうマルクト広場に集まっていた。その中には、妻と小さな孫娘を連れたドイツ文学の教授や、ゲルゼンキルヒェンの共産主義者の女性、それにロッテ・クレスと子どもたちの姿もあった。

「ハネス！　ハネス！」と呼びながら、子どもたちがヨハンに手を振っている。

ヨハンは子どもたちのところへ行き、彼らの手を握った。

「途中であきらめてはいけないよ」

ヨハンは何度も言った。

「大丈夫だ。家に帰るんだもの。落ち着いたら、手紙を書いてくれよ」

ディッキヒトの馬車も来ていた。御者台に座っている〈三つの泉〉の主人を見つけた。ヨハンは人をかき分けていき、家族の様子をたずねた。双子はよく育ち、娘も元気にしていると主人は言った。ロシア兵がやってきた数日間はたいへんだったが、どうにか乗り切った。しかし、コンラートの母親は四日前に亡くなり、おととい埋葬したばかりだ。死の少し前まで、コンラートの名前を呼んでいた。

平和が来た。ドイツ人にとっては、敗北のあとの平和だった。

しかし、今日ばかりはおおいに料理がふるまわれ、人々は食べに食べた。〈金の白鳥〉は店を再開し、〈山の精〉では主人のおごりでビールが出された。ペッタースキルヒェンのパン屋は、またパンを焼いた。

最初の一週間は、嵐のように過ぎ去った。すべてが落ち着いたように見えた。普通の生活が戻った。少なくとも、ここ七つの村々では。

とはいえ、人々の心にはぽっかりと穴があき、その空虚を埋めるにはしばらく時間がかかりそうだった。

ヨハンは、レックフェルト夫妻が命を絶ったベンチの血痕を洗い流した。それでも、そのベンチには誰も座ろうとしなかった。ヨハンはひとり、ベンチに腰をかけた。今までレックフェルト夫人が世話をしていた畑には雑草がはびこり、ブリュンネルの子山羊は日一日と大きく成長している。ヨハンは来る日も来る日も、配達ルートに思いをめぐらせていた。

そう、ヨハンには考える時間がたっぷりあった。ハンナとアントンは、これからも一緒にやっていくのだろうか？　子どもたちを連れて故郷へ戻っていった貴族の女性教師ウテ。彼らは、お腹を空かせたり、靴がぼろぼろになったり、病気になったりしていないだろうか？　地図は持っているのだろうか？　製材所のマリアンネには、パリから手紙が届くことがあるのだろうか？　オード村のジギスムント・クネルは、ダッハウから戻ってきた頃だろうか？　そして森林官官舎のキーゼヴェッターさん。ヨハンが行かなくなって久しい。あれからも、老犬テルが吠えるたびに庭木戸まで歩いていき、待ちかねたように「ヨハン！　ヨハン！」と呼んでいるのだろうか？

トンボを見るたび、イルメラのことが思い出される。X脚気味の長い脚、黒い髪、人懐っこい顔、そしてたくましい肩と手。

イルメラは約束通り、戻ってくるだろうか？　ヨハンは学校時代の古い地図帳を引っ張り出し、パーペンブルクからブリュンネルの道筋を丹念に調べた。

太陽が、ヨハンの頭から肩まで強く照りつける。五月なかばにこんなに暖かくなるなんて珍しい。ヨハンは立ち上がると、家に戻った。今までになく広く感じられる。家は空っぽだ。足音が響く。ヨハンはまた外へ出て、ベンチに腰かけた。とにかく待とう。待つしかない。

聖霊降臨祭が近づいた。五月十八日、ヨハンはペッタースキルヒェンで毎週金曜日に開かれる野菜市で、ヒルデ・ベランを待った。ヒルデはいつも朝早く、市に出かけるのだ。ヨハンはヒルデに、いつ郵便が再開されるかたずねた。

ヒルデも、新しい郵便管理機関から手紙や電話は受けていない。でも彼女は悠然としていた。そして、肩をすくめて言った。

「せっかちね。戦争が終わってまだ十日よ。もしかしたら、私たちにはもうお呼びがかからないかもしれない」

想像もできないことだった。ヨハンは、ますますもどかしくなった。谷を降り、また登った。待つんだ、待つんだ。


ヨハンはベンチに座ってさまざまなことに思いをめぐらせ、村々を歩きまわった。森を抜けて小道を降り、郵便局へも行った。ペッタースキルヒェンの村では、ライラックの香りがあらゆるものを包んでいた。ナナカマドの若葉がまぶしい道を登って、人気(ひとけ)のなくなったバラックへ行ってみた。〈山の精〉へも行った。レンガ工場のそばでは、子どもたちがサッカーをしていた。

シャットニーの村では、桜の葉が風に舞っていた。墓地の塀越しに手を振ると、アマンダばあさんがよいしょと身体を起こし、手を振り返した。

日陰の谷底にある製材所まで行ってから、こんどは森のへりに沿って坂を登り、立ち止まった。晴れた日にはいつも、山から谷を眺めわたす。

そこらを走りまわる子どもや豚をかわしながら、オード村へ向かった。村から坂道を下ると、クサリへビがシュッと音をたてながら、石のあいだへ潜り込んでいった。

陰鬱で狭苦しいベルングラーベンの村を抜け、レネ橋を渡り、正午の鐘を聞きながらディッキヒトへ登っていった。子どもたちの声が迎えてくれた。ヴィリは今日も手足を振り回し、ヘルムートは分厚いメガネの向こうからじっとヨハンを見つめていた。

シュモック家の双子は、すくすくと育っている。ひとりは笑うようになった。もうひとりは、まだしかめっ面しかできない。

狭いショッテン通りを抜け、モーレンへ行く。〈三つの泉〉のセントバーナード犬が、しばらくついてきた。この人里離れた盆地は肥沃な湿地だ。カエルが鳴いている。イグサやキンポウゲが咲き、トンボが群れをなしている。

カエルの卵塊の中ではもう、おたまじゃくしが蠢いている。ラウリッツ川の岸辺では、子どもたちが膝まで水に浸かって、手づかみでザリガニを獲っている。子どもたちの笑い声や興奮した叫び声が谷に満ちていた。

坂を登り、滝のそばを通り過ぎた。保護林のほうへ登り、ラズベリーやブラックベリーの茂みを見ながら牧場へ出た。タンポポの黄色がまだ輝いている。ヨハンとイルメラが一緒に過ごした、あの牧場だ。

テルの吠え声が聞こえた。こちらへ駆けてくる。そして「ヨハン！　ヨハン！　オットーの手紙は？」というキーゼヴェッターさんの声。

緑がまぶしい広葉樹林を抜けて街道を進み、坂を下れば村じゅうに山羊の鳴き声が聞こえるブリュンネルだ。家はもうそこだ。

待とう。

聖霊降臨祭前の土曜日、ブリュンネルの住民は森へ行って白樺の若枝を切り、村へ持ち帰る。祭りの飾りつけにするのだ。それが毎年の習わしだった。柔らかい緑色の白樺の若枝は、春の化身だ。ヨハンも白樺の枝を持ち帰った。ヨハンの視線はずっと、ヴェルンスタールから下ってくる道のほうへ向けられている。イルメラはこちらから歩いてくるはずだ。戻ってくる、そのときは。

22

1945年5月

聖霊降臨祭の土曜から日曜にかけての夜。ヨハンは眠れなかった。気がかりでならなかった。イルメラの両親が、ヴォルフェンタンへ戻らないように説得しているのではないだろうか？　郵便が機能していないので、イルメラには連絡のしようがない。その瞬間、ヨハンは目から鱗が落ちたような気がした。郵便がないということは、僕は自由なのだ。パーペンブルクまでイルメラを迎えにいけばいい。火曜にも出発しよう！

突飛な思いつきだったが、元気づけられた。朝になると早速、居間と寝室からレックフェルトさんたちの家具を中庭へ運び出し、部屋の床を念入りにこすってきれいにした。天上の梁のあいだの蜘蛛の巣を払い、窓を拭いた。

「ハネス、どうかしたの？」

通りかかったエルナ・ガプラーが、声をかけた。

「よりにもよって聖霊降臨祭の日曜に掃除だなんて。来週まで待てないの？」

「うん、待てないんだ」

ヨハンは答えた。しかし、これからしようとしていることについては話さなかった。


月曜日は自分の居室と寝室に取りかかった。掃除する前、床下から郵便カバンを取り出し、床板がすっかり乾いたあと再び元に戻した。

午後遅くやっと、掃除が全部終わった。カーテンまで洗った。思ったより早く乾いたので、夜にはアイロンをかけて元通りに吊り下げることができた。

疲れた。しかし満足して、日が沈む少し前、しばらくベンチに腰をおろした。聖霊降臨祭のあいだは、よく眠れたし、悪夢に悩まされることもなかった。だから、目一杯働いて身体は疲れていても、眠気に襲われることはなかった。むしろ逆だった。頭は冴えていた。イルメラのもとへ向かうこれからの日々が楽しみだ。うまくいけば道中の一部、車に乗せてもらえるかもしれない。往路に十日間、復路に十日間、向こうでの滞在は二日と計算した。おそらく、それで十分だろう。ヨハンは健脚だったし、若く、体力もあった。一日に二十五キロは軽くいけるだろう。

暖かい夕方だった。太陽が、遠くの風景を金色に染めている。ヨハンは太陽が沈み、ペッタースキルヒェンの村が薄明の中に沈んでいくまでベンチに座っていた。夕映えの中、赤く染まった山の頂きがかすかに見えていた。

火曜日の早朝、ヨハンは家を出た。郵便配達の制服は着ていない。古いジャケットに、元の色がわからないほど色あせたズボン、柄物のシャツを身につけた。

荷物は、前夜すでにリュックサックに詰めておいた。下着を何枚か、替えの靴一足、洗面道具と髭剃り、タオル。ヨハンは仕事中以外は、帽子はかぶらなかった。髪に風を感じていたかったからだ。行事のある時や、雨天や寒い日だけ、かぶることにしていた。

シャツの袖は、傷口が見えるところまでまくりあげた。こうすることで、道中身を守ることができるかもしれないからだ。

少しばかりの現金のはいった財布、大きな地図と懐中電灯も用意した。実際、本当に必要なのはこの三つだけだ。それはイルメラから学んだ。身分証明書を持っていくべきかどうか、考えた。もしも道中何らかの理由でこれを取り上げられたりしたら、身分を証明する書類はなくなってしまう。

鍵をかけ、ヨハンはドアの蹄鉄を見上げた。今日から何日間か、僕には運が必要だ。ヨハンは、鍵束を敷居の下の隙間に押し込んだ。

家を出たのはいつもと同じ時間だった。なのに、腰に郵便カバンの重みを感じられないのは奇妙な感覚だ。ショッター通りをペッタースキルヒェンへ下るのではなく、逆に村の上方の街道へ向かって登っていくのも、いつもとは違う。

晴れて、風の強い朝だった。時おり、ちぎれ雲が陽光をさえぎった。ヨハンはしばらく道を進んでから、森林官の官舎に続く道を左に曲がった。大股で足を早めた。森に入るやいなや、若葉の匂いとさまざまな鳥の声に包み込まれた。上を見上げると、木々の上に青空がキラキラ輝いていた。

いつもの配達ルートだ。ただし、今日は逆の方向へ進む。森林官の官舎のそばを通ってモーレンへ向かい、ディッキヒトへ行く。そこで最後の仕事をこなさなければならなかった。長い間隠し持っていたギゼラ・シュモック宛ての手紙を、これ以上持っているわけにはいかない。コンラートの母は亡くなり、双子は順調に育っている。もう悲しい真実を隠しておく意味はない。手紙を届けたら、またここまで戻り、街道をたどってヴェルンスタールから西へ向かおう。ひょっとすると、もう列車かバスが走っていて、運がよければ、途中まで乗せてくれるトラックが見つかるかもしれない。

テルが吠え出したが、こちらへ向かってはこなかった。テルは鎖でつながれていた。よくあることだ。ヨハンが家に近づくと、ドアが開いた。キーゼヴェッターさんが現れた。ヨハンの姿を認めると、顔を輝かせた。彼女は嬉しそうに、庭木戸のほうまでちょこちょこと歩いてきた。

「あら、ヨハン。いつもと違う時間ね。オットーからの手紙はないの?」

「キーゼヴェッターさん、今日は配達じゃないんです」

彼女は驚いてヨハンを見た。

「でも、他の人は来なかったわ」

「郵便は今、ストップしてるんです」

キーゼヴェッターさんは、くすくす笑い始めた。

「また……冗談でしょう?」

「いいえ。悲しいけど本当です」

「郵便が?」

彼女は困ったように言った。

「ありえないわ」

「今の時代は、思いもよらないことが起こるんですよ」

「それもそうね」

そう言うとキーゼヴェッターさんは、身振り手振りを加えて話し始めた。

「ところで、どんな珍しい客が来たと思う? 聞いてよ。ロシア人よ。最初は無作法者もいいところ。酔っ払って、寄木張りの床に吐いたりして。まったく災難よ。ところがひとりがピアノの前に座ったかと思うと、それはもうすばらしい演奏をしたの。ショパンの「子犬のワルツ」! ブラームスのハンガリー舞曲! 私のほかに誰も聴けなかったのが残念。お客を呼んでコンサートができるぐらい。そのロシア兵は、仲間がやらかしたことをすべて帳消しにしてくれたのよ。ほら、入ってコーヒーでも飲んでいきなさい」

「今日は遠慮します。急いでるんで。でも、これからはひとりでいないほうがいいですよ。ブリュンネルの、ルクスさんの家にしばらく住まわせてもらうことはできませんか?」

「ブリュンネル?」

キーゼヴェッターさんは、驚いて言った。

「いやよ、オットー。私はここにいます!」

ヨハンはため息をついた。また違う回路へ迷い込んでしまった。


その時だった。エンジン音が聞こえてきた。タイヤの音をきしませながら、ヨハンのそばで車が停まった。私服の男が二人、降りてきた。

テルが、狂ったように吠え立てた。

「しっ! テル!」

キーゼヴェッターさんは、犬を黙らせた。

テルは一瞬、吠えるのをやめて、クンクン鳴いた。

「皆さん、おはよう!」

キーゼヴェッターさんは愛想よく、挨拶をした。

「なんのご用?」

二人は二十歳から三十歳ぐらいだろうか。挨拶を返しもしなければ、名乗りもしなかった。ひとりは無精ヒゲを生やし、もうひとりは顔があばただらけだ。ヒゲのほうが無愛想に言った。

「ここは森林官官舎か？」

彼女はうなずいた。

「そうですよ。よかったらコーヒーを一杯いかが？」

「オットー・キーゼヴェッターを探している」

あばた顔が言った。

「ここがあいつの家か。まったく、とんでもない男だ」

「うちの孫が？」

キーゼヴェッターさんは大声を出した。

「なにかの間違いでしょう。オットーはとても優しい子ですよ」

二人の男は笑った。あばた顔が言った。

「優しい子だって？　何人も告発しては監獄や人民法廷[35]に送った男がかい？　俺たちもあいつにはひどい目にあった」

あばた男は、さらに吐き捨てるように続けた。

「しかし俺たちは奴の顔を見たことがない。顔を知っていたのは刑務所で同房だった男だけだ。だが、そいつも自殺してしまった」

ヒゲ男が言った。

「復讐に来たんだ」

「オットー・キーゼヴェッターはどこだ?」

あばた男は叫んだ。

「死んだよ。四十四年五月の空襲で」

ヨハンは答えた。

すると、ヒゲ男は怒鳴った。

「そんなはずはない! 信じないぞ!」

「私のオットーが、戦死した?」

キーゼヴェッターさんはすすり泣きながら、ヨハンのほうを向いて言った。

「なぜ、そんなことを言うの?」

「僕はペッタースキルヒェン郵便局の配達人です」

ヨハンは、つとめて平静を保とうとした。そして、キーゼヴェッターさんを指さしながら続けた。

「僕自身がオットーのおばあさんに死亡通知を届けたんですから」

「嘘!」

彼女は叫んだ。

「オットーは生きてる! 生きてます!」

金切り声になった。

「わかってます。オットーは私の孫だから!」

「じゃ、奴はどこにいる?」

あばた男は、激しい口調で言った。

老女は腕を大きく伸ばして、ヨハンを指した。

「ここよ!」

そしてちょこちょこした足どりで走り寄ると、ヨハンにしがみついた。

「そんなことだろうと思った」

ヒゲ男は叫ぶと、ヨハンの首根っこをつかんだ。


その瞬間、絶体絶命と思った。でも、ヨハンはまだあきらめなかった。

「この人は、もうわからなくなっているんだ!」

彼は必死に叫んだ。

「一年前からここを通るたびに毎日、孫のオットーはもう死んだと言い聞かせてきた。でも毎日、忘れてしまうんだ。何百回も言ったのに! やがて、僕をオットーだと思いこむようになった。抱きしめたり、オットーと呼んだりし始めた。僕が配達に来るたび、オットーが帰ってきたといって喜んだ。でも僕はオットー・キーゼヴェッターじゃありません! 郵便配達人のヨハン・ポルトナーです! このあたりの人はみんな、僕のことを知っています。聞いてみてください!」

「オットー、嘘をついてはいけないわ」

キーゼヴェッターさんはそう言って、ヨハンの手を軽く叩いた。

「言い訳なんかしなくてもいいのよ。あんたは誰にも悪いことはしてない。この人たちが言ってるような、ひどいことをするわけがないもの」

「身分証明書を見せろ」

ヒゲ男は言った。

ヨハンは首を横に振って、肩をすくめた。

男たちはヨハンに両手を挙げるように言った。その時、傷跡が見えた。

しかし、ヒゲ男は言った。

「見逃してやる理由にはならない」

そして、二人はヨハンのリュックサックの中身を探った。

「逃げるつもりだったんだな」

ヒゲ男は笑いながら言った。

「我々は、ちょうど間に合ったわけだ」

「僕には、逃げる理由なんてない」

どうすれば、この状況から逃れられるだろうか。ヨハンは考えた。しかし、何も頭に浮かばない。

二人は、ヨハンを肘のところで後ろ手に縛り上げた。あばた男が車からロープを取り出し、ヒゲ男は家から椅子を一脚持ち出した。

「何をするつもり？」

キーゼヴェッターさんは、金切り声を出して椅子を取りあげようとしたが、男は彼女を押しのけた。

「私のオットーに手を出したら、承知しない！」

キーゼヴェッターさんが叫ぶ声が、背後で聞こえた。

男たちはヨハンを引きずるようにして、柵のそばに立っている三本のマロニエの木の前まで連れていった。

「私のオットーに何をするの！」

キーゼヴェッターさんの声が、まだ聞こえる。

「あの子が悪いことをするはずがないでしょう！」

二人がロープを枝にかけ、しっかりと結びつけるまで、少し時間がかかった。ヨハンにはもう、二、三分しか残されていなかった。ヨハンはもう一度、無慈悲なまでにすばらしいこの世の匂いを吸い込み、汗に濡れた額をなでるそよ風を感じ、ミツバチの羽音を聞き、不運な偶然の苦味を味わった。こちらへ向かって飛んできた、大きな青いトンボの姿を目で追い、そしてイルメラを想った。

男たちは、ヨハンを椅子の上に引きずり上げて立たせ、首にロープの輪をかけた。目の前に、マロニエの若葉が見えた。椅子が蹴飛ばされ、足を乗せていた支えがはずれるのを、ヨハンは感じた。ロープがぴんと張った。

日本の皆さんへ

第二次世界大戦が終結して七十年になります。敗戦国となったドイツは、大きな代償を支払うことになりました。ソ連やポーランドに割譲した東プロイセン、ポンメルン、シレジア、ズデーテン地方は多くのドイツ人が暮らす土地でした。ドイツは国土の四分の一を失い、小さな国になりました。

それだけではありません。爆撃で破壊された街は荒廃し、人々は住居を、財産を、思い出の品々や店や仕事を失いました。美術館は崩れ落ち、城や教会は焼失し、工場は瓦礫の山になりました。イギリス、フランス、ソ連、アメリカがドイツを分割占領し、それぞれの管理下に置きました。ソ連で生きのびたドイツ人捕虜は、戦争が終わったのちも十年のあいだ抑留され労働を強いられました。そして、男も女も子どもたちも、ドイツ人全員が、一から学びなおさなくてはなりませんでした。

しかし、何よりも悲しいできごとは何百万人という愛する人々の死でした。家族にとっては、大切な父親、夫、兄や弟、息子たちでした。彼らは命を捧げることが祖国への貢献であると信じながら、まったく無意味に死んでいったのです。

ドイツ国民は、ヒトラー支配下で犯した罪に対して厳しく罰せられました。でもそれは当然の報いであり、私たちは罰を受け入れました。ヒトラーの独裁政治は誘惑的でした。自分が何をすべきか、自ら判断する必要はなかったからです。命令されていればよかったのです。従うことは簡単でした。最上の方法を探ったり、他人に対して寛容であるよう努めたり、自分の責任においてものごとを決断する必要はないのですから。私たちはその誘惑に負けたのです。ユダヤ人やシンティ・ロマ、ナチスの優生思想にもとづいて遺伝を断つべきと判断された患者たち、同性愛者——マイノリティの人々を命令されるままに迫害し、殺害していくことに異を唱える者はいませんでした。人は誰も心の奥底に闇を抱えているものですが、支配に身を任せるなかで、潜んでいた邪悪性が呼び覚まされていったのです。私たちは抵抗もせず、ただ付き従っていきました。ドイツは大量殺戮を続け、ついには異常なまでの自信過剰に陥りました。ドイツ民族は至高の民族であり、もっとも高潔で有能である。そしてアドルフ・ヒトラーは、比類なき天才的指導者であると。

戦後、私たちは学びに学びました。子どもたちも学校で、以前とはまったく異なる観点に立つ歴史教育を受けました。慎み深く、控えめに、自らを律し、強権的態度を取ることなく、下位で満足するよう努めました。そうやって少しずつ、暴力的犯罪国と見なされなくなり、他国と対等な友人関係を結ぶことができるようになりました。それには何十年という年月を要したのです。ドイツはひたすら復興を目指しました。懸命に働き、ようやく苦境を切り抜けました。驕り高ぶる余裕はありませんでした。

日本は先の戦争で我々ドイツと同盟関係を結び、同じく敗戦国となりました。
私は、日本の戦後処理について意見を述べるほどの知見を持っていません。また日本の近隣諸国への対応にも通じていません。しかし日本もドイツと同じように、戦時中に周辺国において非道な行いをしました。その事実と、どのように向き合ってきたでしょうか。人は誠実であるべきです。個人も国も、謙虚になる必要があります。いかなる場合も、過ちを否定したり、事実をもみ消したり、隠そうとしてはなりません。罪を認め、心から詫び、できるかぎりの償いをして、共生していく努力が大切です。そうして初めて、近隣の人々とよい関係を築くことができるように思います。それは垣根を隔てた隣家の人でも、隣国の人でも同じです。

惨めで恐ろしい時代が終わってよかった。幸い、今は平和だ。この本を手に取られた皆さんはそのように思われることでしょう。戦争とは非情なまでに人間を痛めつけ、破壊していくものです。私は、あのような時代がふたたび来ることのないよう願うばかりです。

二〇一五年秋

グードルン・パウゼヴァング

注

1　**聖霊降臨祭**　キリスト復活から五十日後、信徒たちに聖霊が降臨したことを記念する祭日。五月初旬から六月初旬。

2　**軍事郵便**　従軍兵士が戦地から出す郵便のこと。

3　**森林官**　森林のパトロールや調査、維持管理を仕事とし、公的立場にある。

4　**奇跡の兵器**　国民を鼓舞するため、ドイツ軍は奇跡を起こすほどの強力な兵器を準備しているというプロパガンダが行われ、計画・試作はされたが実戦には投入されなかった。

5　**食料切符**　物資が不足した当時は食料や衣料は配給制となり、一定の食料は切符と引き換えで手に入れることになっていた。

6　**地区指導者**　町村を代表するナチスの党幹部。地方組織は細分化され、州にあたる大管区指導者から最小単位の約五十世帯を束ねる街区指導者などが定められていた。

7　**ダッハウの収容所**　ミュンヘン郊外にあった強制収容所。ナチスはユダヤ人をはじめ政治犯、反社会的分子とされた人々を収容した。

8　**国家社会主義者**　ドイツの政党、国家社会主義ドイツ労働者党（Naitonalsozialistische Deutsche Arbeiterpartei, ナチス）の信奉者。

9　**ヒトラー・ユーゲント**　ナチスの青少年組織。一九三六年以降、十歳から十八歳の青少年全員の加入が義務づけられた。

10　**SS**　ナチス親衛隊のこと。党内で最高権力を持ち警察や諜報部はその下に置かれた。特に武装親衛隊は強制収容所内で残虐行為を行った。

11　**石炭泥棒**　燃料が不足していたので国民に節約を促すために、石炭泥棒のイラストつきのポスターが随所に貼られていた。

12　**七月二十日の暗殺計画**　一九四四年七月二十日、ドイツ国防軍の将校を中心とした反ヒトラーグループのクラウス・フォン・シュタウフェンベルク大佐が実行者となって、時限爆弾による暗殺を企てたが未遂に終わった。

13　**原始ドイツ的**　ナチスはきわめてドイツ的、生粋のドイツ的性格を持つ書物や文化を尊重した。

14　**パルチザン**　外国軍や自国軍に対して自発的に抵抗活動をした武装遊撃兵のこと。

15　**国民突撃隊**　一九四四年九月二十五日、総統命令により最後の本土防衛のために結成された。

16　**衣料切符**　衣料も欠乏したために、切符と引き換えの配給制となった。

17　**カーニバル**　キリストが死後三日目に復活したことを記念するイースターから数えて四六日前の「灰の水曜日」の直前の数日。冬の悪霊を追放し春の到来を祝うキリスト教以前のゲルマンの祭りが起原にあるとされる。謝肉祭。

18　労働奉仕　ナチス政権下で一九三五年に設立された国家労働奉仕団（RAD）は十八歳から二十五歳までのすべての男女に加入が義務づけられ、六ヶ月間の労働義務が課せられた。

19　ホレおばさん　『グリム童話』二十四話。誤って井戸に落とした糸巻きを取ってくるように継母に言いつけられた娘が、井戸の底の世界でホレおばさんに助けられる。おばさんは娘に寝床をきちんとなおして窓辺で羽布団をよくふるうように言いつける。「窓辺で羽布団をふるう」情景がホレおばさんを思わせる。

20　植民地輸入食品店　原文の Kolonialwarengeschäft は、元々ドイツの植民地（とくに東アフリカ）から輸入したコーヒーや砂糖、タバコ、スパイス、お茶などを売る店のこと。第一次大戦の敗戦後、ヴェルサイユ条約によって植民地をすべて放棄させられたあとも、コーヒーやエキゾチックな輸入品、石鹼や洗剤などの日用品を売る店をそのまま同じ名称で呼んでいた。

21　アドヴェント（待降節）　キリストの降誕を待ちその準備をする期間。十一月三十日にいちばん近い日曜からクリスマスまで日曜ごとにロウソクを灯して祝う。

22　プラリネは中にクリームやナッツ等を入れたチョコレートボンボン、マジパンはアーモンド入りの甘い練り菓子、バニラキプフェルは三日月型のクリスマスクッキー。

23　足布　靴下の代用品として足に布を巻き、その上にブーツを履いた。厳冬期には靴下と併用されることがあった。

24　グリューワイン　赤ワインにオレンジピールやシナモン、クローブなどのスパイス、砂糖やシロップを加えて温めた飲み物。

25　du で呼びあう　ドイツ語の二人称には丁寧語の親称 Sie と親しい間柄で使う親称 du の二種類がある。

通常目上の人やよく知らない相手はSieから入り、親しくなった時点でduに切り替えることが多い。

26　ヴァルハラ　北欧神話における宮殿。戦死者の館を意味する。

27　槌と鎌　農民と労働者の団結を表す共産党のシンボル。この場合はソ連の旗をさす。

28　ヴィルヘルム・グストロフ号　ナチスによって建造されたクルーズ客船だが、大戦中にドイツ海軍に徴用され病院船や兵営として使われた。撃沈された時は、当時ドイツ帝国の一部だった東西プロイセンから傷病兵や民間人をドイツ西部へ避難させるために乗せていた。

29　クヴァルク　生乳を乳酸菌発酵させたのち熟成しないフレッシュチーズ。

30　フラウとフロイライン　フラウは既婚女性に、フロイラインは未婚女性に対する呼びかけ。今日はフロイラインはほとんど使われず、未婚・既婚の区別をしないで成人女性にはフラウを用いる。

31　受難週　イースター前の一週間。キリストのエルサレム入城と受難という二つの出来事を記念する祭日。

32　憲兵　軍の秩序維持を任務とした兵士だが軍隊外でも活動した。軍警察。

33　人狼部隊　戦争末期に結成された。連合国軍に対するゲリラ攻撃によってドイツ国防軍を支援するための部隊。

34　国民ラジオ　一般国民に対するプロパガンダの手段として大量生産され、低価格で販売された一連のラジオ受信機。

35　人民裁判　ヒトラーや政府に対する反逆罪や軍に対する妨害・スパイ行為を裁いた。扱われる犯罪は「民族に対する罪」として扱われ、多くの厳罰が下された。

訳者あとがき

本書は第二次世界大戦下、ドイツの戦況厳しい一九四四年八月から翌四五年五月までの十ヶ月間の物語である。まず、物語の背景として当時の戦況を簡単に記しておきたい。
一九三九年九月一日、ドイツのポーランド侵攻によって第二次世界大戦が始まった。ドイツは翌年にはノルウェー、デンマーク、オランダ、ベルギー、フランスを攻略、さらに東方への進出を図り、一九四一年六月にはソ連との不可侵条約を破ってソ連へ侵攻した。その結果、独日伊などの枢軸国と米英を始めとする連合国が敵対することになったが、翌四二年のモスクワ攻略失敗、さらに同年十一月から翌四三年一月にかけてのスターリングラード攻防戦の敗北を境にドイツの後退が始まった。

作者は物語の舞台を、開戦当時のドイツのほぼ中央に位置するチューリンゲンの森付近に想定している。東部戦線ではソ連が東プロイセンのケーニヒスベルクやブレスラウ、バルト海沿岸のポンメルン地方へ進攻し、西部戦線ではノルマンディー半島に上陸した米英がフランス国境にあるケールやトリアーなどへ迫った。ライン河畔のレマーゲンでは米軍との激しい攻防戦が行われた。南はイタリアの降伏によりローマは陥落、北のフィンランドも枢軸国から離脱し、ドイツはすでに八方塞がりの状況にあった。（ちなみに、作者はソ連の軍隊を終始「ロシア兵たち」と呼んでいる。本文では「ロシア軍」という表現を使用したが、現在の「ロシア」とは同一ではない。）

そのような戦時下の物語とはいえ、ここでは激しい戦闘も空襲の様子も描かれない。父親、息子、兄や弟らを戦場へ送り出した人々は、家族の身を案じつつ「銃後で国を支える」とか「銃後の守り」といった勇ましい表現が滑稽に聞こえるほど、悲惨で不安に押しつぶされそうな毎日を送っていた。そんな中で、主人公のヨハンは来る日も来る日も順番に七つの村をめぐり、郵便を届けていた。顔を合わせる人々も同じだ。決まった道を歩き、同じ人と接するヨハンの視点は定点観測をしているかのようだ。ヨハンは村人のさまざまな事情を知っていたし、皆から信頼を寄せられていた。また、村にいる家族と戦地をつなぐ唯一の存在でもあった。しかし、ぼんやりとした恐怖が具体的なかたちとして現れる「黒い手紙」つまり戦死通知を運んでくるのもヨハンだった。実際にも、当初は戦地からの軍事郵便を心待ちにしていた人たちも、戦死者や行方不明者の数が増えるにつれ、郵便配達人が家の前を素通りすると安堵し胸をなでおろすようになったという。

物語は静かに淡々と進められ、東部戦線が迫り来る重苦しさや、家族や大切な人を思う人々の心情が丹念に綴られる。その中で非常に多くの人が登場する。村に残った大人たちの中には立場上ナチスを支持したり肯定する者もいるが、戦争に懐疑的な者やあからさまにヒトラー批判を口にする者も少なくない。むしろ、ナチス思想を叩きこまれた少年少女たちは純粋に国家に忠誠を誓い、最後まで勝利を信じていた。彼らは国家に命を捧げるという使命に燃えて戦地へ向かった。このように、作者は登場人物にさまざまな役割を与えて多様な考えや思いを代弁させている。助産師であるヨハンの母親と若い娘イルメラは命を産み出す仕事に関わる一方で、ヨハンは郵便配達人として死の知らせを運ぶ。人間の生死といった根源的なことがらも、対極にある役割を通して巧みに描かれていく。

やがて戦況の変化とともに、人々をとりまく状況も変化する。夏が終わり、秋から冬へと自然も様相を変える。ドイツの四季の移ろいは実に美しい。特に、色から匂いの季節へ変わる時期の描写は見事である。そして春がやってきて、ドイツの降伏ののちにささやかな平和が戻った。ところが、物語はそこで平穏には終わらない。最後に急激な展開を見せ、思いもよらない結末が訪れる。余韻というよりは、あまりにも強烈な読後感が残る。しかし、人間の運命とはこれぐらい不条理なものかもしれない。本書もまた『最後の子どもたち』や『みえない雲』のようにハッピーエンドではない。パウゼヴァングの、特に社会派作品に関しては「いたずらに不安を煽る。読者を脅すことは教育的でも啓蒙的でもない」という批判的な声も聞く。しかし、パウゼヴァングは現実を見据え、そこから目をそむけはしない。青少年読者に対しても、事実を覆い隠すことはない。衝撃的な結末は私たちに対する警告であり、読む者はそれによって目を覚まされるのだと思う。

今年八七歳になる著者グードルン・パウゼヴァングは一九二八年生まれ、終戦時は十七歳だった。主人公のヨハン・ポルトナーと同世代である。作家として活動を始めて数十年は環境問題、核や原発といった社会問題をテーマとしてきたが、一九九〇年代からようやく自分の少女時代や戦争やナチズムと取り組むようになった。戦争世代が、自分の体験も含めて当時の一般市民の状況や証言を語り伝えるという作業は、言うほど簡単ではない。真摯に向きあえば向き合うほど、瘡蓋をはがしてしまうようなこともあるだろう。心の傷が癒え、自身の体験を相対化し、言葉にできるまでには相応の時間が必要なのだ。本書は、パウゼヴァングが戦後七十年のなかで熟成させてきた思いを小説のかたちにしたものである。時代が変わり、紛争や対立の図式が変わっても暴力は何も生まない。戦争は人を選ばない。望むと望まざるにかかわらず全員が当事者になる。他人事ではないのだ。このような事態を生まないために私たちは、冷静な判断のできる思考力を育て対抗力のある感性を身につける必要がありはしないか？　ここにこめられたメッセージと問いを、正面から受け止めたいと思う。

まもなく戦争の目撃者、証人はいなくなる。戦後生まれがマジョリティとなったいま、誰かが語り伝えていく必要がある。語り手は移り変わる。むしろ代わらなくてはならない。パウゼヴァングのメッセージを伝えるために、世代と世代をつなぎ、ドイツと日本をつないで語り伝える仕事に関われたことに心から深く感謝したい。

高田ゆみ子

二〇一五年十一月

著者略歴

(Gudrun Pausewang, 1928-)

1928年，当時はドイツ領のボヘミア東部ヴィヒシュタドル（現チェコのムラドコウ）に生まれる．女子ギムナジウム在学中の15歳のときに父親が戦死．17歳で第二次大戦の終戦を迎える．戦後はボヘミアを追放され，母や弟妹とともに西ドイツのヘッセン州ヴィースバーデンに移住．アビトゥーア（大学入学資格試験）に合格後，教職に就いて1956年には南米に渡り，チリ，ベネズエラのドイツ人学校で教鞭を執った．1963年に西ドイツにいったん帰国して小学校の教師を務めたのち，ふたたび南米コロンビアに暮らし，1972年に帰国．小学校教諭として教えるかたわら創作活動を行う．1998年，ケストナー世代の児童文学作家についての論文でフランクフルト大学で博士号を取得．『最後の子どもたち』（1983，小学館1984）『みえない雲』（1987，小学館1987, 2006）『そこに僕らは居合わせた――語り伝える，ナチス・ドイツ下の記憶』（みすず書房，2012）など，100冊にとどく著書がある．

訳者略歴

高田ゆみ子〈たかだ・ゆみこ〉1956年，大阪府生まれ．東京外国語大学ドイツ語学科卒業．東京大学大学院比較文学比較文化修士課程修了．訳書　G・パウゼヴァング『最後の子どもたち』（小学館，1984）『みえない雲』（小学館，1988, 2006）『コミック みえない雲』（小学館文庫，2011）『そこに僕らは居合わせた―語り伝える，ナチス・ドイツ下の記憶』（みすず書房，2012）ブルッフフェルド／レヴィーン『語り伝えよ，子どもたちに――ホロコーストを知る』（みすず書房，2002）、『ロバート・キャパ　スペイン内戦』（岩波書店，2000年）シャーバー『ゲルダ――キャパが愛した女性写真家の生涯』（祥伝社，2015）など．

グードルン・パウゼヴァング
片手の郵便配達人
高田ゆみ子訳

2015年12月21日　第1刷発行
2017年 3 月10日　第3刷発行

発行所　株式会社 みすず書房
〒113-0033 東京都文京区本郷5丁目32-21
電話 03-3814-0131(営業) 03-3815-9181(編集)
http://www.msz.co.jp
本文印刷所　精文堂印刷
扉・表紙・カバー印刷所 リヒトプランニング
製本所　誠製本

ISBN 978-4-622-07963-7
[かたてのゆうびんはいたつにん]